Irina Liebmann

Die Große Hamburger Straße

Roman

Schöffling & Co.

Sämtliche Fotografien im Buch: Irina Liebmann.
Sie wurden in den 1980er Jahren aufgenommen.

Die Arbeit der Autorin an dem Roman wurde gefördert
vom Deutschen Literaturfonds.

Erstausgabe

Erste Auflage 2020

Satz: Fotosatz Amann, Memmingen
Druck & Bindung: Pustet, Regensburg
ISBN 978-3-89561-258-9

www.schoeffling.de

Die Große Hamburger Straße

Es gibt in jeder Stadt eine Straße, die man von Anfang bis Ende überschauen kann. Hineinsehen wie in einen Trichter sogar, denn die gleichmäßig hohen Häuserreihen verengen sich zu ihrem Ende hin, wo eine andere Straße sie abschneidet. Es ist immer unerwartet, im Vorbeifahren meistens, dass der Blick aus dem Fenster einer Straßenbahn oder eines Autos in solch eine Straße fällt und für eine Sekunde in den Sog von etwas gerät, das zu rufen scheint: Hier! Hier geht's doch lang! – aber schon ist der Betrachter weitergefahren, und gleich ist er vergessen, der Winkel, die schräg aufeinander zu laufenden Häuserreihen und das Ziel in der Mitte, das Ende.
Es gibt hier ein Ende.

Ist es das, was die Erinnerung noch beschäftigt, wenn man längst vorbei ist an solch einer kurzen Straße, die vollkommen überschaubar ist?
Wer zu Fuß unterwegs ist, der spürt den Sog noch deutlicher, in diese kurze Straße einzubiegen, von der er noch vor Minuten nichts wusste, wenn er ein Fremder ist.
Warum beschäftigt mich das, Anfang und Ende?

Die Dinge müssen zu einem Ende kommen. Ruhig und wie solche Häuserreihen. Sie stehen sich gegenüber, aber je weiter am Ende der Straße sie sich befinden, umso näher rücken sie aneinander heran, bis eine Querstraße es ihnen nicht erlaubt, ihren Lauf fortzusetzen, sondern abschließt für immer.

Straßen wie Trichter. Ich kenne mehrere solche. Die eine hieß lange Zeit Wassergasse, die andere Verlorene Straße. Auf einer der beiden habe ich mich einmal verlaufen. Es ist lange her. In dieser alten Gegend der Längs- und der Querstraßen, die einander den Weg abschneiden, geriet ich an den Anfang einer schnurgeraden, aber mir zuvor niemals aufgefallenen, einer verborgenen Straße sozusagen, einer, die nur unter Eingeweihten bekannt war und auch nur von solchen bewohnt wurde.
So jedenfalls kam es mir vor und ich zögerte, sie zu betreten. Auch sie, so spürte ich, wollte das nicht. Und wiederum war mir nach einer Weile des stummen Innehaltens, als hätte ich doch die Erlaubnis bekommen.
Doch wenn du mich nun schon gefunden hast, dann tritt ein. Das schien sie zu sagen. Und das noch: Schließe die Tür hinter dir.
Das tat ich.
Ich ging rein, schloss die Tür hinter mir und blieb drinnen für viele Jahre.
Warum wollte ich raus, eines Tages?
Bin ich gegangen?
Bin ich immer noch da? Ins Loch gefallen in dieser Straße?

Anfang und Ende.
Die Dinge müssen zu einem Ende kommen.

Wir schreiben das Jahr 2015. Wenn dieses Buch jemals fertig werden sollte, wenn es gedruckt und gebunden vor Ihnen, verehrter Leser, tatsächlich auf einem Tisch liegen sollte, woran vorläufig kaum zu denken ist, dann wird Krieg sein, hier, wo ich bin. Das fürchte ich. Es könnte sein.

Gerade komme ich aus der Wassergasse, die längst wieder anders heißt, es nutzt nichts, den alten Namen zu nennen, auch an die Verlorene Straße erinnert sich niemand mehr, wirklich kein Mensch, ja, nicht mal die Armesündergasse kennt noch jemand, und sogar wenn er mittendrin steht und sucht die Judengasse und die Kirchgasse auch, er wird sie nicht finden, er wandelt ja in den unterschiedlichsten Zeiten herum mit den falschen Namen, auch die Häuser verschwinden und wachsen aufs Neue, ich kann nichts dafür und Sie auch nicht.

Es ist die Zeit.

Sie ändert sich, und die Frage war eigentlich immer nur: wie?

Wie passt man sich ihren Schwingungen an?

Denn am Anfang, wenn's aufwärtsgeht, lautet die Frage doch jedes Mal:

Was ist zu tun?

Und am Ende, wenn's abwärtsgeht, immer derselbe Schrei:

Was?!

Was haben wir falsch gemacht?

So auch ich, an diesem Tag heute in der Mittagsstunde und in der Mitte von meiner Stadt Berlin.

Wird sie wieder in Trümmern liegen?

Wird sie einfach nur leer sein, ganz ohne Menschen, oder gänzlich verwahrlost und alle Treppenschächte zur U-Bahn mit Müll vollgeschüttet, weil da unten ja doch nichts mehr fährt, und so weiter, so weiter, Zerstörung ist schneller gedacht als getan, aber schnell getan ist sie auch, und wir wissen doch, wir, aus der letzten Runde, wie schnell alle Rollläden runterkrachen vor all den Goldschriften, Glasscheiben, schönen Portalen, und wie lange dann Staub darauf fallen kann. War nicht kürzlich erst alles schön aufgebaut?
Geradezu märchenhaft?

Die kurze Straße mit dem verbreiterten Ende, warum geht sie mir nicht aus dem Kopf?

Ist es das Überschaubare, dieses Alles-auf-einen-Blick, oder ist es die einladende Geste, die so eine dem Betrachter zugewandte Straßenerweiterung darstellt?
Oder nicht doch das gekappte Ende, einer Sackgasse ähnlich, und das heißt auch Falle, gefangen.
Ein Bild wie ein Gleichnis.
Leicht läuft man hinein und schon ist es vorbei. Anfang und Ende in einem Bild – da stellt sich von selber die Frage: Wie ist das alles gekommen?
Die Frage der Fragen, für Sie vielleicht auch, lieber Leser, in der Kälte oder der Hitze Ihres Tages, dort in der Zukunft, verzweifeln Sie nicht. Sie haben ein Buch!

Für Sie und für mich will ich diese Frage schon heute stellen, eine kurze Zeit bevor dieser Zustand eintritt, den wir vielleicht sogar teilen werden demnächst, ich stelle sie, weil ich es ebenfalls wissen will: Wie?

Wie kam das? Was war denn der Weg bis hierher?

Bis hierher zu mir und bis dorthin zu Ihnen. In aller Vermessenheit – was ist geschehen?

Zuerst einmal ist zu klären, dass die Straße, in der ich verloren ging, eine gerade Straße war, keine krumme. Auch den Namen hat sie niemals verändert, nein, es gibt in der Gegend auch Straßen, die sich treu blieben. So eine Straße ist die Oranienburger Straße oder die Rosenthaler Straße, und eben diese verborgene Straße, wie es mir damals schien, aber das schien nur mir so, am Tag der Entdeckung, denn allen anderen war sie schon lange die heimliche Hauptstraße der ganzen verkommenen Gegend und heißt seit Jahrhunderten schon Große Hamburger Straße. Ich habe sie bewohnt und ich habe sie verlassen, aber jetzt, im Vorgefühl der Katastrophe, bringt der Anblick einer belanglosen, kurzen, gekrümmten Straße mich wieder zu ihr zurück.
Wie damals.

Und das ist natürlich bezeichnend. Denn eine Straße, die ist zum Gehen da, zum Fahren, und das heißt: Allez! Also weiter, nur weiter und weiter, und das eben war ja der Unterschied damals und ist es bei solch einer Trichterstraße im Grunde genauso – die Idee des Stehenbleibens.
Bleiben.
Das Gehen, das Weggehen, es muss ein Ende haben.

Hierin traf ich mich mit Eva, meiner Freundin Eva, die ich in meiner Zeit in der Großen Hamburger Straße erst kennenlernte, die Eva, deren ganzer Kampf oder Krampf, wie man es ausdrücken will, sich damals um Liebe drehte, so wie bei uns allen, und endete damals im Weggehen, weg – und das endete im Zurückkommen, ja: Zurück in

die Große Hamburger Straße, und bei mir war's dasselbe und beide saßen wir dann auf ihrem kleinen Balkon über der Ecke zur Oranienburger Straße, und Eva hatte wie immer eine selbst gebackene Torte oder Tortenschnitte auf das Beistelltischchen gepackt, und jede Tasse Kaffee brühte sie frisch aus einem besonderen Automaten und zeigte auch noch ihr neuestes Kleid und wie es spannte auf der Bauchfalte, die sie sich zu allem Unglück grad wieder angefressen hatte, und fast gleichzeitig riefen wir plötzlich dasselbe: Zu viel!
Eva, es war zu viel!
Zu viel gegangen, Irina!

»Wie blöd sind wir denn gewesen?«, rief Eva.
»Verstehe ich auch nicht«, antwortete ich, und sie wieder: »Mutti! Aber Mutti hätte es wissen müssen!«
Und ich: »Die hast du doch damals extra rübergeschickt in den Westen, damit du ihr nachreisen darfst, was redest du denn?«
Und Eva: »Sie hätte Nein sagen müssen, die wusste doch mehr! Wenigstens als sie drüben war, hätte sie Nein sagen müssen!«
Und ich: »Das glaubst du doch selber nicht, Eva.«
Und Eva: »Vergeigt. Es ist alles vergeigt.«
Und ich: »Wir sind es selber gewesen.«

Jetzt wiederum, wo die Straßen mir so vor Augen stehen, die krummen und eine gerade, und der seltsame erste Eindruck, den sie mir machten, da denke ich – waren nicht sie es?

Diese Straßen, sie sind nicht geheuer, mir niemals geheuer gewesen, und das steht doch fest, ich habe mich damals verlaufen.
Und wiederum nicht.
Ich wusste sofort: Hier ist es.

War es die leichte Lebendigkeit, mit der mir Menschen entgegenkamen?
Sie liefen sogar auf dem Straßenasphalt, das spielte wohl gar keine Rolle, sie sprachen dabei und lachten und manche Häuser so klein, die sich gegenüberstanden, klein und alt, und ein Park, der ebenfalls klein, na und dann – ein Café! Wie selten war damals ein kleines Café!
Ein Gemüseladen daneben, mit einem Ladenschild, auf dem in runden lateinischen Buchstaben Obst und Gemüse geschrieben stand, und Schule und Kirche und Krankenhaus, und ein Schreibwarengeschäft, es führten drei Stufen hoch, drei alte Stufen, Buchhandlung auch, alte Buchhandlung, alte Verkäuferin dort und keine Lücke, kein Trümmergrundstück wie sonst überall, nein – kein Trümmergrundstück, woher auch, da stand ich ja drauf.
Das war durchaus nicht die einzige Lücke, aber im ersten Moment sah ich nur das Schöne. Und alles war da!
Und das war die Wahrheit. Von der Wiege bis zur Bahre hätte ein Mensch diese Straße sein Leben lang niemals verlassen müssen, sogar einen Sargladen hat es gegeben für die letzte Reise, es war alles komplett.
Still war es auch, gar kein Autoverkehr, nur manchmal, nur leise ein Fahrzeug.

Das war von Anfang an seltsam. Ringsherum auf den Straßen die Schienen, die Straßenbahnen, die Autos, die Lastwagen immerzu, und die fuhren damals viel schneller als heute, viel lauter und schmutziger, rücksichtslos auch, nur hier eben, hier stand das Wunder eines verlorenen Krieges, einer zerschmetterten Stadt – eine Straße, die überlebt hat.

Es war der Beginn der Achtzigerjahre in Ostberlin. Ich kam an diesem Tag vom Berliner Verlag. So hieß er, so heißt er immer noch. Es ist nicht weit.
Mein Vater hat ihn gegründet. Das wussten damals alle, die dort etwas zu sagen hatten, nur ich nicht, und obwohl ich dort arbeitete, es sagte mir niemand, ich wusste es nicht. Es war derselbe Fall wie hier in der Gegend – ich wusste nichts über sie, wusste also nichts im Grunde, und auch das kann die Ursache dafür gewesen sein, dass ich nicht weiterlief. Stehen blieb.
Denn so viel Verborgenes, in einer Umgebung, die deutlich und echt dieses Verborgene selber verkörpert, nur eben stumm, die also nur zeigen kann, dass es auch etwas anderes gibt, etwas, wohin du womöglich gehörst, berührte das nicht diesen dicken Klumpen, auf dem wir alle herumschwimmen, jeder für sich, und wo das Zipfelchen Klarheit, das herausguckt aus der ozeanischen Suppe, sich manchmal auch fragt, soll ich den Klops unten tatsächlich antasten, also berühren?

Und sogleich betrat ich das kleine Café.
Dort habe ich meine Freunde gefunden. Gefunden und auch verloren.
Darum geht es ja, daran erinnert sie mich, die Trichterstraße, die kurze, gebogene Straße, an den Anfang damals, an den Weg in die Große Hamburger Straße.
Die ist immer noch da. Wenn ich will, geh ich hin. Auch das Café ist immer noch ein Café.

Vor den Fensterscheiben laufen Menschen in Rudeln vorbei, in Gruppen, in Schwärmen, mit Rucksack und Pappbechern voller Kaffee, sie rufen, sie reden, sie bleiben auch stehen. Sitz ich drinnen, dann kann ich zusehen, wie sie mit verdrehten Köpfen vorbeistolpern und die Häuser anglotzen.
Baut euch selbst eine Straße wie diese, dort wo ihr herkommt, wenn es euch hier so gefällt! So möchte man ihnen zurufen, oder ist es die Sehnsucht zu demonstrieren wie früher einmal, die so viele Menschen hinaustreibt wie früher einmal, hinaus auf die Straßen, die Welt verändern mit Rufen und roten Plakaten – ist es das, was sie wollen, und sie haben's vergessen?

Diese Turnschuhbesucher und Pappkaffeetrinker, sie gähnen beim Laufen und halten dabei nur selten die Hand vor den aufgerissenen Mund. So gähnend schauen sie manchmal sogar durch die Scheiben zu mir ins Café, als ob hier die Lösung zu finden wäre für ihre leere Herumtrampelei, aber auch das Café ist leer, meine Herrschaften, leer, es sind alle schon weg!
Und jetzt ist auch Eva gegangen.

Gestern noch bot sie mir in aller Ruhe eine selbst gebackene Tortenschnitte an und wütete gegen das Gehen, das Weggehen, kurz danach aber, ebenfalls auf dem kleinen Balkon, aber ohne Torte und frischen Kaffee hat sie gesagt, dass sie ausziehen wird. Dass sie also schon wieder gehen wird, weggehen, und ich brach in Tränen aus, und jetzt ist sie bereits ausgezogen, der Balkon drei Etagen hoch über der Ecke der Großen Hamburger Straße zur Oranienburger ist leer, kein Blümchen mehr drauf und kein Lichtlein im Sturm, weg ist die Eva, verweht und vorbei.

Und nicht nur die Eva!

Denn als wir da saßen, dort oben, da zeigte Eva noch auf den Bauzaun tief unter uns, und der war um das leere Grundstück gegenüber gezogen, dieses Trümmergrundstück, auf dem ich einmal so verwundert gestanden hatte. Um die ganze freie Ecke zur Oranienburger Straße sah man von oben also einen Bauzaun, und Eva begründete ihren Entschluss, an den Stadtrand zu ziehen, gerade mit diesem Zaun dort unten, an dem Tag und Nacht Kerle stehen und pinkeln und andere wiederum nachts und am Tage mit Koks handeln oder mit Gras, und jetzt ist der Bauzaun schon wieder verschwunden, ein Baugerüst an seiner Stelle, viel Schatten auf einmal, es wächst hier ein Haus. Geh ich morgen vorbei, wird es fertig sein, Menschen werden aus Fenstern sehen, zu Evas Balkon gegenüber, und nichts wissen von ihrem Wutgeschrei gestern: »Ich bin von hier, Irina, von hier! Zählt das noch? Nee, zählt nicht mehr, zählt nicht, ich gehe!«

Eva wird weg sein. Das ist sie bereits.

Und übrigens las ich grad gestern, dass es zu Beginn der Achtzigerjahre war, als einer der höchsten Beamten des Kreml in der Parteizentrale am Werderschen Markt eintraf, hier in Ostberlin, und Ostberlin war damals die westlichste Hauptstadt des Moskauer Reiches, und der Werdersche Markt befindet sich ganz in der Nähe von dem Geflecht der kleinen Straßen, in dem ich stehen geblieben war und nicht weiterging, und der Russe soll zu dem Deutschen gesagt haben, es sei so weit. Worauf der Deutsche nicht verstand, und der Russe ein Wort fallen ließ: Brest-Litowsk.
Mehr hat er nicht ausplaudern dürfen, er ließ den Deutschen ratlos zurück, der sich keinen Reim darauf machen konnte, was Brest-Litowsk dem Genossen aus Moskau damals bedeutet hat. Es wusste einer vom anderen nicht in diesen Jahren, und selbst die eigene Lebensgeschichte kannte im Grunde keiner – wie erst den eigenen Ort?!

Diese Straße!

Ihr Krankenhaus ist katholisch, ihre Kirche protestantisch, und der uralte Friedhof, den es hier einmal gegeben hat, der war jüdisch gewesen. Als vollkommen unreligiöse junge Frau, die an Krankheiten nicht einmal denken will, waren das leere Wörter für mich, und auch von dem Bitten und Beten, das hier aus Krankenbetten und Kirchenbänken, von den Friedhöfen ganz zu schweigen, über Jahrhunderte schon zum Himmel gestiegen war, hatte ich nicht die geringste Vorstellung. Und doch war ich stehen geblieben.
Ich hatte eine Straße des Glaubens betreten. Ein Zentrum des Glaubens sogar, denn wenn es jemals ein Zentrum des Glaubens gegeben hat in Berlin, dann war es hier.
Das Zentrum des Unglaubens war das Café.

Wenn ich daran denke, das kleine Café, in dem wir uns begegneten vor so vielen Jahren, dann kann ich es glatt auf die flache Hand mir stellen, es nah vor die Augen mir halten. Ein Spielzeug, Modellbau, ein kleines Gehäuse, und aus allen Ritzen scheint Licht auf die Handfläche, gelbes Licht.
Es ist ein Scheinen wie von den Kirchenfenstern auf der Fünf der Münzen im alten Tarot, wo Bettler im Winter an ihnen vorbeigehen, ein Scheinen von bewohnten Häuschen im ewigen Schnee, so ein Scheinen beinahe.
Vergessenes Wort.
Und voll ist das Häuschen, es ist immer voll, immer kennen sich alle, fast alle und Eva kommt ran, kommt damals

als Kellnerin ran, und Manne, der Tischler, sitzt damals als König am Stammtisch. Da saß er, und wir waren seine Gäste.
Wir wärmten uns in dem goldigen Licht und schmähten die Wirklichkeit unseres Lebens.
So war das, und so ist es immer, Zuhause, das hatte schon immer den Ruch des Mindesten, was man verlangen kann, Zuhause – das ist nur der Anfang, der zählt nicht, wir sind hier nur reingeschneit, sind nur die Gäste. Ringsrum, das ist alles nicht wirklich in unsrer Regie, ist nicht so, wie es sein sollte, und auch nicht so, wie es sein wird, wenn wir losgehen, loslegen und nicht gehindert werden an allem, nicht wahr? Nur Manne, der wollte uns immer wieder etwas von Heimat erzählen, wie schön die ist, hier, überall, wo wir sind, und die kleinen Kreise, wie wunderbar, die wir täglich drehen.

Da seh ich ihn sitzen im winzigen Häuschen und lachen und Vorträge halten, ein Bieberkopf, wie er im Buche steht, ein Heinrich George mit dicker Pfote, und mehr noch ein Sohn all der Schlosser und Schreiner, die hier in der Gegend dem Unglauben frönten, der Meuterei und der starken Hand, und abends dem Bier in einer der Kneipen und Gasthäuser auch, und davon hat es einmal in der Großen Hamburger Straße mehr als woanders gegeben, ja, mehr als genug.
Mehr als genug! Das machten die Friedhöfe und das Krankenhaus, mit all dem Kummer und Leid, und die Nähe zum Hackeschen Markt machte das auch, auf dem die Bauern aus der Umgebung Berlins zweimal die Woche so

früh wie möglich mit ihrer Ware zu stehen wünschten. Für die Nacht davor brauchten sie alle Quartier und einen Stall für die Pferde.

Die Ställe und die Remisen für die Fuhrwerke wurden später zu Mietzimmern umgebaut für die armen Proleten, die Eisengießer, die Drucker, die Weber, die Strumpfwirker auch, und die höhnten schon lange im Wirtshaus das alte Lied: Ringsrum, das ist alles nicht so, wie es sollte, ist nicht wirklich in unsrer Regie, ist nicht, wie es sein wird, wenn wir erst mal losgehen, loslegen und nicht gehindert werden an allem, nicht wahr?

Und wo soll ich das jüdische Altersheim einordnen, das einmal vor dem alten Friedhof gestanden hat?

Zum Bitten und Flehen der Gottgläubigen oder zum schallenden Lachen der Gotteslästerer in dem Café?

Seit der letzten Judenverfolgung ist es ein schwarzer Fleck geworden in der Berliner Landschaft, ein leerer Fleck auch, über den niemand hier spricht von den Leuten. Und tatsächlich saßen die Bewacher der Juden, die sich in dem Altersheim melden mussten, und warten, bis man sie abholt zum Töten, diese Bewacher saßen in ihren freien Minuten auch im Café.

Aber davon wussten wir nichts. Das kann ich bezeugen.

Wir wussten davon, dass es Tausende waren, Berliner wie wir, die man von dort aus, von dort – gegenüber –, wo nun nichts mehr stand, gar kein Haus, in die Todeslager gefahren hatte in diesen Vierzigerjahren, wir konnten bequem den Gedenkstein sehen aus unseren Fenstern, darauf stand das geschrieben, aber schon dass diese Vierzigerjahre nicht sehr weit entfernt waren von unseren Achtzigern, davon hatten wir keinen Begriff, so scheint es mir heute, und dass wir mit den Bewachern von damals das gleiche Café benutzt haben sollen – nein!
Wir wussten es nicht. Und außerdem: es gab ja nur ein Café in dieser Straße, in der ganzen Gegend sogar.
In den Vierzigerjahren, da hat es von den vielen Etablissements der Vergangenheit in der Großen Hamburger Straße noch zwei Cafés gegeben und ein Restaurant, Anfang der Achtzigerjahre dagegen war unser Café das Letzte der Straße, und da saßen wir.

Ein Foto von mir aus der fraglichen Zeit zeigt ein Kindergesicht und ein freches Lachen darauf, pausbäckig irgendwie, und die anderen auch.
Dieser Babyspeck, was will er mir sagen?
Die Gesichter dort damals sind völlig entspannt.
Ahnungslos?
Jedenfalls arglos.
Ich kam beinah täglich. Ich wollte der Straße ihr Geheimnis entreißen – mit einem Kindergesicht! Alle am Stammtisch glaubten es mir.

Sie sind damit einverstanden gewesen, denn auch sie empfanden das Besondere an dieser Straße, schließlich wohnten sie alle woanders und kamen wie ich beinah täglich hierher. Nur Eva wohnte gleich um die Ecke in der Auguststraße, wo sie auch geboren wurde. Wie sie gesagt hatte: »Ich bin von hier, Irina, von hier!«
Manne dagegen wohnte am Stadtrand im eigenen Haus und wollte sich jedes Mal beinah bekreuzigen bei dem Gedanken, auch nachts hier zu sein oder an Wochenenden, und ich kam mit der Straßenbahn aus Pankow gefahren, aus einem bürgerlich-guten Viertel mit großen Wohnungen, hohen Zimmern.

Mit der Straßenbahn rein in die Innenstadt und die Häuser betreten, an Türen klingeln, Fragen stellen, dann mit der Straßenbahn wieder zurück und aufschreiben, was mir erzählt wurde.

Die Tagebuchseiten besitze ich alle, doch sie sind sinnlos geworden. Sooft ich sie las – kein Zusammenhang, nichts. Das Kindergesicht, es nahm, was es kriegen konnte. Es hat wohl gejauchzt über alles, was bunt und glitzernd ihm vorkam, ja – bunt vor allem und ungewöhnlich.
Das ist typisch die Orientierungshilfe eines Menschen, der keinen Glauben hat. Den kann man ja schon mit Glasperlen tief erschüttern.
Heute weiß ich es, und nun liegen die Stapel Papier wieder vor mir, zum wiederholten Male. Eine andere Quelle besitze ich nicht für die Aufklärung dieser Frage, wenn sie denn überhaupt mir gelingt: Wie ist das alles gekommen? Was war denn der Weg bis hierher?

Und wie damals die täglichen Straßenbahnfahrten, so ziehen mich diese beschriebenen Seiten schon wieder in etwas hinein. Vielleicht liegt das nur an dem alten Papier. Es ist dünn und morsch. Alles echt. Solches Papier hieß Durchschlagpapier. Man legte es unter ein oberes, dickeres weißes Papier und dazwischen ein färbendes Blatt, das Kohlepapier, um eine Kopie zu erhalten.
Also muss es von diesem Tagebuch noch ein Doppel geben. Eine Fassung aus festeren Seiten, und auch die wird echt sein, ja, vielleicht sogar echter, wo könnte sie sein? Es werden die Buchstaben förmlich in die Blätter geprägt sein von der Maschine, ich schrieb ja auf einer Maschine.
Vier Haufen vergilbtes Papier.
Und bald wird es auseinanderfallen.

Ich las. Und ich sah.

Was ich sah, war zuerst eine Straßenecke. Irgendwie dunstig das Ganze, die Mietshäuser hoch, der Straßenasphalt unversehrt und glatt, eine Frau im langen Mantel läuft da, bleibt stehen.
Ach so, hier ist eine Bushaltestelle. Sie wartet. Auf dem Kopf ein Hütchen, an den Füßen flache Schuhe. Halbschuhe, fällt mir jetzt ein, sie trägt Halbschuhe.
Und alles ist still? Nein, das ist es nicht, es summt in der Luft, die Berliner Geräusche von Autos, entfernt irgendwo, und von Schritten oder von Hammerschlägen, die ja immer zu hören sind, die liegen auch in der Luft.
Die Frau da steht gerade, sie wartet. Eine alte Frau. Der Hut schon Signal ihrer Unsichtbarkeit. Ich schaue ihr nicht ins Gesicht, wenn ich an ihr vorbeigehe.
Ich bin jung.
Das fühle ich am ganzen Körper, wie jung ich bin, wie schnell und wie sprungfederartig die Schritte meiner Füße, der eigenen Füße so unter mir.
Längst liegt die Ecke mit der alten Frau hinter mir, eine andere Straßenecke erscheint, und eine Straße, die schmal ist, schmal und gepflastert, und da laufen Menschen, Maurer wahrscheinlich, ich denke an Maurer, wenn ich sie so sehe, von hinten, die Arbeitsklamotten, die klobigen Schuhe, auch halten sie ein großes Gefäß zu zweit, und das ist zementverschmiert.
Ja, es sind Maurer, und es ist ein Morgen, ein dunstiger Morgen.
Sie biegen links in eine Toreinfahrt, ich aber laufe weiter bis zu einem Haus mit schwerem Holztor. Rotbraun gestrichen und der abgeschrammte Spalt zwischen den bei-

den Flügeln des Tores zeigt, dass es nicht verschlossen wird.
Ich stemme es auf, dahinter ein feuchter Durchgang zum Hof, links das Treppenhaus alt und abgetreten. Zügig und selbstverständlich steige ich die Stufen hoch. Auf einer Stufe liegt eine Karteikarte. Mit altmodisch eckiger Handschrift steht darauf:
Unbekannter Mieter! Nach Einzug in Ihrer Wohnung haben Sie sich innerhalb von 7 Tagen ins Hausbuch einzutragen. Heute ab 18.00. Frau Jeremiah.

Ich hebe die Karte auf, ihr Papier ist ungewohnt rau. Dann sehe ich an ihrer oberen Kante ein winziges Loch. Offenbar war diese Karte mit einer Reißzwecke irgendwo angeheftet gewesen und jemand hatte sie abgerissen. Der unbekannte Mieter wahrscheinlich.
Ich stecke die Karte gewohnheitsmäßig in meine Tasche, ohne mich dabei aufzuhalten. Erst in der dritten Etage bleibe ich stehen. Nun stehe ich vor einer frisch gestrichenen Wohnungstür, die Klingel außen ist aber noch alt – ein Messinggriff, den man hochklappen muss, dann läutet sie, aber ich klappe den Griff nicht hoch. Ich stehe hier einfach.
Niemand kommt die Treppe herunter, niemand herauf, niemand öffnet die Tür.
Vielleicht bin ich ja allein im Haus, doch das ist mir eigentlich gleichgültig.
Eine ganze Weile stehe ich vor der frisch gestrichenen Tür, dann drehe ich um und steige die Stufen wieder hinunter.
Was wollte ich dort? Es ist mir nicht klar.

Gerade noch schien es mir selber, als ob ich gewusst hätte, wen ich suche, dort in der dritten Etage. Vielleicht hat es etwas mit der Tür zu tun. Sie war frisch gestrichen. Grün. Ist es das?

Wieder draußen vor dem Haus gehe ich ziellos einige Schritte. Jetzt wäre es schön, in ein Café zu gehen und etwas zu frühstücken, aber das ist hier nicht üblich.
Frühstück gibt es um diese Zeit nur in Hotels, für Hotelgäste also, alle anderen arbeiten morgens um neun, das ist mir vollkommen klar. Und immer noch beschäftigt mich die grün gestrichene Tür dort im dritten Stock. Den Namen, der unter der Klingel stand, habe ich mir nicht aufgeschrieben.
Ich schreibe mir eigentlich alles auf, was mir auffällt, was ich mir merken will oder auch wichtig finde, aber diesen Namen fand ich unwichtig, ganz bedeutungslos, seinetwegen bin ich nicht die drei Treppen nach oben gestiegen in eiligem Schritt. Aber weswegen dann?
Ach, jetzt habe ich Hunger.

Kaum zu glauben, dass man hier nirgendwo eine Tasse Kaffee bekommen kann, auch beim Bäcker nicht. Die Bäckerei ist hier gleich um die Ecke. Ich muss nur zurückgehen aus dieser schmalen Straße in die breitere, die mit dem glatten Asphalt, aus der ich gekommen war, dort, in der Großen Hamburger Straße, ist der Bäcker.
Bei dem werden gerade frische Holländerschnitten aus der Backstube getragen. Ein ganzes Blech voll. Es riecht stark nach Vanille deswegen dort drin und nach frischem Brot.

Ich kaufe eine Holländerschnitte, ich bin die erste. Diese Holländerschnitte aus splitterndem Blätterteig und Vanillepudding dazwischen ist noch warm, und ich esse sie draußen im Gehen mit klebrigen Fingern, und mir fehlt ein Schluck Kaffee dazu. Warum können die nun keinen Kaffee verkaufen in einer Bäckerei?
Das ärgert mich und hat mich immer geärgert, ich weiß, dass es alter Ärger ist.
Die Bäckerin war übrigens nicht im Laden. Ich kenne die Bäckerin und ich weiche ihr aus, und auch da weiß ich nicht, warum. Sie würde mich anzeigen, denke ich immer, wenn sie könnte, dann würde sie mich anzeigen.
Aber das geht nicht.

Und ich sehe mich jetzt am Krankenhaus vorbeigehen, an der leeren Straßenecke, auf der nur Rohre gestapelt sind, und dann in die Auguststraße einbiegen und die Nummer 17 suchen. Dort wohnt jemand, den ich kenne.
Das Treppenhaus ist schön gebaut, mit viel Raum zwischen den Geländern. Von unten kann man bis an die Decke des obersten Stockwerkes sehen, so was gefällt mir.
Dort, wo ich jetzt klingele, wird mir geöffnet. Erfreut begrüßt mich ein junger Mann, obwohl ich ihn grade beim Lesen gestört habe. Aber er findet das gut und er rührt mir auch Kaffee an in einer Tontasse. Pulverkaffee.
Aus einer Tontasse trinke ich Kaffee, wie ich es doch wollte seit einer halben Stunde, und frage nach dem Buch. Ich bin wegen eines Buches gekommen, das ich lesen wollte.
Tatsächlich liegt ein Buch auf seinem Tisch, ein Buch aus dem Westen mit vielen kleinen Fotos aus Rom und auch viel Text drunter, das interessiert mich.
»Da bitte«, sagt der junge Mann, »es liegt hier für dich schon drei Tage, gut, dass du gekommen bist. Andere wollten es auch schon haben, na dann sieh dir das an.«

In dieser Wohnung ist alles sehr aufgeräumt, und eine Bibliothek hat sie auch, kleine Küche mit Blick auf den Hof. Jetzt habe ich das Buch. Ich stecke es in meinen großen Umhängebeutel und verabschiede mich. Ich soll bald wiederkommen, sagt der junge Mann, und das klingt so, als ob er hier eingeschlossen ist, aber das stimmt nicht, ich bin ja auch nicht eingeschlossen, ich laufe den ganzen Tag durch die Stadt, stimmt's?

Er lacht. Ja, er ist am liebsten in seiner Wohnung, hier sei es doch schön, und er zeigt mir noch aus dem Fenster zur Straße, dass er von hier aus den Ballspielen zusehen kann, auf dem riesigen Sportplatz dort gegenüber. Dann lässt er das Fenster offen stehen, denn es ist warm geworden auf einmal.
Ich bemerke es auch, wenn ich unten das Tor aufstoße und die Straße wieder betrete – warme Luftwelle, die mir entgegenflutet!
Wie angenehm, darin zurückzulaufen, zurück zu der Straßenecke mit dem Lagerplatz für die rostigen Rohre. Hier beginnt meine Straße, hier stand das Haus Nummer eins.

Keiner weiß was darüber, es ist ebenso verschwunden wie das Haus gegenüber und die beiden Eckhäuser an dem anderen Ende der Straße. Es waren die Häuser mit den Nummern 1, 23, 24 und 41.

So eine kurze Straße und alle Eckhäuser fehlen und an jedem Ende ein Friedhof.

Hier, an der Ecke Auguststraße, um die ich gerade laufe, durften die Armen ihre Toten begraben. Verscharren, so sagte man damals dazu, denn sie haben sie einfach verscharrt, ohne Stein, ohne Grabstelle, ohne Markierung, und darum ist davon gar nichts geblieben.

Auch die dörflichen Häuser aus dieser vergangenen Zeit mit ihren spitzen Dächern sind verschwunden und neue gebaut worden, nur fehlen von diesen neuen und höheren Häusern schon wieder einige, wie eben zum Beispiel das Haus Nummer eins, wo jetzt die Rohre liegen.

Daran laufe ich vorbei, schon das zweite Mal heute, und vorbei auch an den Häusern der Nummern 2, 3, 4, 5 und 6, und die stehen ja noch, vorbei auch an einem Krankenhaus, und überquere die kleine und krumme Krausnickstraße. Im Eckhaus, und das ist schon die Hausnummer 13/14, hat der Schnapsladen seine Tür offen stehen bei der Wärme.

Davor packt eine Frau mit rotem Gesicht grade einen kleinen Bengel am Ärmel:

»Jetzt gehste nach Hause! Geh, sag ick! Erst schön nach Hause gehen und den Beutel morgen wieder mitbringen.«

Der Junge läuft los, mir entgegen, zieht eine gehässige Grimasse, das kann sie nicht sehen. Die Frau, als ich sie überhole, murmelt: »Ach, man kann's hundertmal sagen«, und verschwindet in dem Gemüseladen vom Nachbarhaus Nummer 15/16.

Vom Haus 15/16 sind seit dem letzten Kriege nur die mächtigen Seitenteile geblieben. Im rechten ist der Gemüseladen, im linken das Café. Da ist es.

Jetzt hat es gerade geöffnet, aber es ist noch leer.

Also gehe ich an den Seitenteilen der 15/16 vorbei und rein in die Durchfahrt vom Nachbarhaus.
Das ist das Haus Nummer 17.

Die Nummer 17 ist mein Liebling in dieser Straße. Es ist nicht das älteste Haus, aber das schönste. Ein Kaufmann Denant hat es bauen lassen mit einer breiten Durchfahrt zum Hof.
Es soll Gewölbe geben darunter – tiefe, gemauerte, dunkle Gewölbe, das hat mir der Tischler gesagt. Dem gehört das Büro in der Durchfahrt, mit Fenster zur Straße, aber er ist nur Mieter. Im Jahr 1983 sind wir alle nur Mieter von irgendwas. Mieter von diesem Haus hier zum Beispiel, das zuerst dem Kaufmann Denant gehörte.

Da steh ich im Schatten des Torbogens und sauge mich voll mit der unverhofft warmen Luft, und das ist an dieser Stelle schon Frühlingsluft, die weht aus dem kleinen Park gegenüber. Dieser Park dort, das war mal der andere Friedhof in dieser Straße, der alte Friedhof der Juden.

Eine Blondine kommt angestöckelt, das ist Eva, aber die kenne ich noch nicht.
Vorläufig ist sie einfach eine entschlossene junge Frau, die offensichtlich hierher gehört, denn sie schließt die kleine Tür zum Büro des Tischlers rechts in der Durchfahrt auf und verschwindet dahinter. Hat sie auch abgeschlossen hinter sich? Es hatte sich beinahe so angehört.

In der Durchfahrt gibt es noch eine zweite Tür. Dahinter führt eine zierliche Treppe zum Obergeschoss, sie ist elfenbeinfarben lackiert. Ebenso hell lackiert ist auch das Treppengeländer, das im Obergeschoss wie ein kleiner Balkon eine getäfelte Diele begrenzt.
Getäfelt und hell lackiert ist auch diese Diele, und von ihr gehen vier Türen ab.
Wohnt hier jemand?
Die Frau, die ich gleich besuchen werde, wohnt hinter einer von diesen vier Türen. Diese Frau weiß alles, und sie erwartet mich jetzt.
Ja, sie hat schon gewartet und mir einen Sessel ans Fenster gerückt. Übrigens ist diese Frau achtzig Jahre alt, das hat sie selber gesagt, also doppelt so alt wie ich, denn ich werde in diesem Jahr vierzig. Das fällt mir ein, wenn ich ein Foto aus meiner Tasche ziehe, die Fotografie einer Seite aus

einem Adressbuch, und zwar dem letzten Adressbuch der Stadt Berlin vom Jahr 1943. Das ist mein Ausweis, meine Beglaubigung für die Behauptung, dass ich forschen will, aber sie ja genauso, diese Frau, ihre Augen leuchten, als sie das Blatt mit den vielen Namen erblickt: »Aaaah!«
Sie hat ihren eigenen Namen gelesen!
Ein preußischer Name, kein Adel, aber doch ein alter, besonderer Name, der Vater als Handwerker noch bei Hof angestellt, kaisertreu, was denn sonst?
Hier war Preußen.
Die Familie hatte in der Auguststraße gewohnt, gleich um die Ecke. Dort sind in einer Nacht einundvierzig Mietshäuser in Schutt und Asche gebombt worden – eines davon war ihr Elternhaus. Es stand dort, wo heute der Sportplatz sich ausdehnt.

Wir sitzen hinter einer der vier einst so hell gestrichenen Türen. Ja, von dieser Tür weiß ich nun, wer dahinter wohnt und dass nur ein Zimmer dahinter ist, ein großes Zimmer mit Blick auf die Straße. Sehr gut ist von hier oben zu überblicken die Parkanlage, also der alte Friedhof der Juden. Den hatte sie also auch noch gekannt, als die uralten Grabsteine alle noch standen?
Schief und krumm, in der Erde versunken?
»Nein. Die sah man ja nicht.«
Das Altersheim hatte davorgestanden, und das war hoch, ziemlich hoch, drei Etagen, nicht zweigeschossig wie die Nummer 17, in der wir grad sitzen, und in der ganzen Breite des Parks gegenüber zog es sich hin, dieses Altersheim.

Meine Erzählerin ist wirklich bemüht, sich gut zu erinnern, sie versteht die Wichtigkeit einer wahren Geschichte und liest für die Nummer 17 jeden einzelnen Namen auf dem Adressbuchauszug laut vor. Ich kenne sie alle, es sind nur wenige Namen im Jahr 1943, und schwupp, schiebe ich ihr ein anderes Blatt hin, das vom Jahr 1937, da sind es schon mehr, die hier damals gemietet haben, ein Schneeweiß, da grübelt sie lange bei mancher Auskunft, bohrt ihren Blick in die graue Gardine am Fenster, in den Teppichläufer unter unseren Füßen, wie viel Geld wird sie haben im Monat?

Fast nichts wahrscheinlich. Aber ein weißer Kragen ist immer noch drin im Budget, das ist man sich schuldig als eine geborene – keine Namen!

Es wird von jetzt an hier keine Namen geben – keine Namen! Keine Namen!

Der weiße Kragen ist Name genug für die Frau hier am Fenster, mit achtzig Jahren sitzt sie so gerade wie eine Tänzerin, alte Tänzerin, und schlank natürlich, ja, schlank ist sie auch. Fehlt nur noch das kurze Perlenkettchen um ihren Hals. Irgendwann in den schlechten Zeiten wird sie es eingetauscht haben – gegen Bohnenkaffee, so vermute ich mal.

Denn auf meinem Adressbuchauszug steht für die Nummer 17 im Jahr 1943 eine Firma *Adler & Waldbach Kolonialwaren en gros.*

Adler & Waldbach ist schon im Jahr 1920 Eigentümer, ja, schon 1912 und noch früher wahrscheinlich. Und darum denke ich, hat man in der Nummer 17 möglicherweise im Kaffeegeruch gelebt, viele Jahre lang?

Mein Gegenüber bestätigt es gerne, denn sie wohnte hier, seit sie geheiratet hatte und ausgezogen war aus der Auguststraße. Zu Kolonialwaren gehört nun mal auch Kaffee.
»So viele Jahre im Kaffeegeruch. Bis wann?«
»Na, bis es keinen Bohnenkaffee mehr gab.«
Der sei schon im Krieg zuletzt Mangelware gewesen.
Das Gebäude der Rösterei stände ja immer noch, und auch der Stahlträger oben quer über den Hof sei noch da. An diesen Träger habe man früher in dem Hofgebäude links die Kaffeesäcke voll Rohkaffee angehängt und einfach rübergezogen in die Rösterei.
Und draußen in der Diele, rechts an der Wand – wenn ich mich wundern sollte über das eingebaute Schränkchen –, da hängten die Studenten ihre Mützen rein. Denn diese Diele, die hat ja vier Türen, nicht wahr? Und hinter der Tür gegenüber, da hatte eine Studentenverbindung ihren Paukboden.
»Holsatia, ob's die Holsatia war …?«
Ein ständiges Kommen und Gehen auf jeden Fall von jungen Männern in diesem Hause, als sie ja selber noch jung war, und dass man die Uhr danach stellen konnte, wenn täglich morgens zur neunten Stunde …
Ein Schrei plötzlich, vorn in der Diele, ein Krachen und Lärmen, als ob jemand die Treppen hinunterstürzt.
»Der Trinker«, sagt meine Gastgeberin ungerührt und setzt neu an zu ihrem Satz über die neunte Stunde, wo täglich morgens die Verwalterin von Adler & Waldbach mit frisch gebrühtem Kaffee in Silberkännchen auf einem Tablett die Treppe heraufkam. Fürs Büro sei der Kaffee gewesen, aber nicht alle …

Nun lärmt es im Treppenhaus unten, Schmerzensschrei einer Männerstimme.
»Sturzgeflecht!«

Die Alte hat das Wort nur so nebenbei ausgespuckt und spricht weiter über vergangene Zeiten mit Silberkännchen auf dem Tablett, und Pferden übrigens, vielen Pferden im Stadtbild, und wie sie mich bedauert, dass ich meine Jugend nun grade heute verbringen muss.
Ich wiederum sehe vorsichtig auf meine Armbanduhr, es ist Zeit, von hier wegzukommen, und sie denkt das auch. Setzt in einem winzigen Töpfchen drei Kartoffeln sich auf, auf einem Elektrokocher, der steht auf einem niedrigen Holzregal.
Die Katze muss auch noch ihr Futter kriegen.

Wie ich nun diese helle Tür hinter mir schließe und wieder vorn in der Diele stehe, ist da niemand. Alles still.

Vier Türen. Ich drücke auf die Klinke der Tür gegenüber – vorsichtig. Diese Tür ist nicht abgeschlossen. Der Raum dahinter ist groß und verliert sich im Dunkeln. Das war also der Fechtboden. Er befindet sich über dem Seitenflügel des Hauses, daher diese Tiefe des Raums. Ein Saal. Seltsame Atmosphäre. Schwer.
Unter dem einzigen Fenster liegt eine Schaumgummimatte. Darauf eine Wolldecke. Unordentlich.
Schaumgummimatten besitzen wir ja damals alle, es sind die Notbetten für Gäste, für die Gäste der Kinder meistens, Matten für eine Nacht. Die einsamen Männer aber, die rausgeworfenen, die geschiedenen, die verbringen ihr neues Leben manchmal fast gänzlich auf solchen Matratzen. Und immer riecht es nach abgestandener Luft bei ihnen oder nach Staub. So riecht es hier nicht.
Auch kann ich ein Bücherregal erkennen.
Was liest der Besitzer?
Nur deswegen mache ich einen Schritt über die Schwelle, nur wegen der Bücher, das will ich jetzt wissen, und wie an einem Faden gezogen betrete ich leise den großen Raum und schließ auch die Tür hinter mir. Diese Stille.

So große Zimmer sind selten. Beneidenswert, wer hier wohnt. Schläft auf der Matte in solch einer Weite, und wenn er zum Fenster geht, sieht er die Straße.
Und als ob ich selber hier wohne, trete ich ans Fenster und blicke auf die Straße. Dort, auf der Straßenseite gegenüber sehe ich ein altes Haus mit Spitzdach und ein zweites daneben, sie stehen in dermaßen grellem Licht, dass ich erschrecke. Gasthof zum Hamburger Wappen ist über die

niedrigen Fenster des einen geschrieben, und am Haus daneben auch ein Schriftzug: Zur deutschen Krone.
Direkt an den Gasthof Zur deutschen Krone grenzt ein höheres Haus. Das muss das jüdische Altersheim sein.

Beinah weiß knallt das Licht auf den schmalen Bürgersteig und an die Wände der alten Häuser. Deren Fensternischen sehen in solch seitlichem Lichteinfall schwarz aus, tiefschwarz.
Und alles ist leer, als ob es noch Morgen wäre, ein sehr früher Morgen im Juni vielleicht. Nur ein alter Gemüsekarren steht vor dem Gasthof Zum Hamburger Wappen, so ein hoher Schubkarren mit zwei großen Rädern aus Holz.

Da knarrt eine Tür in der Diele.
Ich höre es, und ich weiß sofort, es ist die Frau – keine Namen! Keine Namen! – aus dem Zimmer gegenüber, ich spüre es, wie sie schleicht geradezu, die Treppe hinunter, und sie ist festlich gekleidet dabei, mit einer runden Brosche unter dem Blusenkragen, eine Porzellanbrosche ist das, mit einem Kreuz drauf, und schon sehe ich sie unten aus dem Hause kommen und etwas zeigen, auf etwas zeigen, es ist eine große Lampe und noch eine, wie Laternen stehen sie rechts und links von dem Haus, das den alten Friedhof verdeckt – vor dem Altersheim also.
Also ist das jetzt gar keine Sonne, was leuchtet, ist es das Licht aus den Lampen, den beiden Lampen, das so grell auf die Gasthäuser scheint?
Aber warum?

Eine Qual ist es regelrecht, aus dem Fenster zu sehen, auf die Schatten so scharf, die immer schärfer sich abzeichnen, sodass mein Kopf schmerzt auf einmal, unerträglich, das ist unerträglich, und ich weiß ja, warum! Weil das alles nicht stimmt, weil das alles nicht richtig ist, es gibt keine alten Gasthäuser mehr dort unten, die sind nur andauernd in meinem Kopfe, und das Altersheim auch, ich muss aufpassen, dass ich nicht krank werde, denke ich und würde mich gerne setzen, besser noch: legen, hinlegen, eine Minute nur auf diese Matte, die Schaumstoffmatratze, und mit großer Anstrengung, scheint mir, reiß ich mich los von dem Blick auf die Straße, schiebe die Tür auf des herrlichen Raumes und steh wieder davor, in der Diele.
Vier Türen. Es reicht jetzt, ich gehe.

Jetzt weiß ich wieder nicht, was das für Bücher waren, dort im Regal. Aber es ist ja auch gleichgültig, denn ich muss mich beeilen. Das Café nebenan ist schon lange geöffnet!
Schon bin ich in der Tür zum Durchgang und raus – steht da einer.
Wartet der? Wartet auf mich?
Er lehnt an der Wand und lächelt verschwörerisch. Hat eine Fahne.
So steht es in meinen Aufzeichnungen vom April 1983, und das heißt, der Mann riecht nach Alkohol. Ist das einer der Leute vom Tischler?
Genau. Und er hat gesehen, dass ich hier reingegangen bin, also nach oben.
»Sie wolln doch wat wissen, stimmt's?«
Raumgreifend, unabgegrenzt steht er da und versperrt mir den Weg. Im Unterhemd noch dazu, Arbeitshosen und Unterhemd bei der plötzlichen Wärme in diesem April, hundert Sommersprossen auf seinen Schultern, er lächelt.

Ja, damals lächeln die Trinker noch, und er will auch kein Geld. Davon wissen wir beide noch nichts, er nicht und ich nicht, vom Betteln wissen wir nichts, er ist nur ein bisschen besoffen und will was erzählen, der Mann, der im Paukboden wohnt.
Nein. Da wohnt er nicht. Da wohnt niemand.
Aber die Treppe runtergefallen, heute, der Krach, das war er doch, oder?
»Ach«, sagt er, »ach, ist schon jut«, und winkt ab. Jetzt hab ich ihm wirklich die Laune verdorben.

Ein weißer Spitz kommt über den Hof gelaufen.
»Biene! Da ist ja die Biene! Na komm, mein Schatz, komm!«
Als ob er nur darauf gewartet hätte, dass der Hund ihn abholt, so nickt er mir zu, und nun laufen beide quer über den Hof zu dem Lagerraum mit den Brettern und Balken. Schwerfällig der Mann, trippelnd und freudig auch immerzu hochspringend der kleine Hund.
Na bitte, es geht doch.
Ich will mit dem Kerl jetzt nicht reden. Ich will endlich ins Café gehen!
Aber was ist das? Ich eile in anderer Richtung.
Na, das ist ja komisch. So viele Jahre dachte ich, ich wäre grad in das Café nur immer gelaufen, wenn ich in die Große Hamburger Straße ging, und nun?

Es ist, als liefe ich umgekehrt – weg aus der Gegend. Zum S-Bahnhof lauf ich, zum S-Bahnhof und die Treppen hoch, es ist der Bahnhof Marx-Engels-Platz, die Bahn kommt, ich fahre eine Station zum S-Bahnhof Friedrichstraße. Nur eine Minute, dann steige ich aus.
Hier ist sowieso Endstation. Für alle S-Bahnen Endstation.
Ich laufe die Bahnhofstreppen schnell wieder runter, und da liegt sie, die helle und breite Friedrichstraße!

Bin ich verabredet?
Offensichtlich, denn erst an dem Brunnenbecken an der Ecke Friedrichstraße – Unter den Linden bleibe ich stehen.
Ja – ich setze mich sogar auf den niedrigen Beckenrand.
Das ist wohl mein Feierabend, so in der Sonne, im Licht dieser breiten Straße?
Hier kann ich aufatmen und meine Hand auch ins Wasser halten, wo in der Mitte des Beckens eine kleine Fontäne plätschert.
Wie spät ist es – zwei Uhr, halb drei oder vier?

Ja, ich bin verabredet hier, zu Büroschluss am Lindencorso. Darin ist ein Café für alle der Treffpunkt, das Lindenespresso, mit einem Brunnen davor. Und alles ist hier neu gebaut, an der Kreuzung der wichtigsten Straßen Berlins: Ecke Friedrichstraße – Unter den Linden.

Da kommt einer ran, der meint mich!
Von Weitem schon meint er mich, lacht auch und winkt noch dazu, schiebt ein Fahrrad, was ungewöhnlich ist in dieser Gegend, ganz ungewöhnlich wie der ganze Mann

übrigens – so lebhaft, so strahlende Glatze und rutschende Socken dazu.
»Irina! Ich war in Moskau!«
Den küsse ich und umarme ihn auch. Gemeinsam laufen wir weg vom Lindencorso, weg davon in eine Kneipe, die dunkel ist, ein Keller, ganz nah an der Leipziger Straße, immer laut, immer voll und verqualmt bis zur Decke, und dort sitze ich neben dem Alten. Denn ich finde ihn alt, wenn ich ehrlich bin, aber den Blick kann ich nicht von ihm wenden.
»Irina! Ich war in Moskau!«
Nichts anderes spricht er die ganze Zeit schon.
Der Mann ist möglicherweise verrückt? Ein Irrer?

Ab und zu denke ich das, in den Stunden dort drin. Verrückte gibt's viele, das ist alles normal, nur dass jetzt einer gerade gestern aus Moskau zurückkommt und bloß noch reden will wie ein Wasserfall, so atemlos, heiser und schwitzend sogar.
Warum schwitzt er so, hat er Angst irgendwie, denn was er da sagt, das ist ganz unglaublich. Darum glaub ich es nicht. Glaube nie. Nichts und niemals und das eben auch nicht, was er da flüstert: »Irina! Alles wird anders! Alles!«
Aber erklären will er das nicht, will wissen, woran ich arbeite, und ich sage es ihm – die Straße, ein Buch über diese Straße, die geheimnisvolle alte, und was er von da an redet, mit zunehmend glasigen Augen, das handelt von den letzten Möglichkeiten der Literatur in unserer Zeit, und zwar könne es nur noch zwei Arten geben, etwas zu erzählen – die Parabel und …?
Parabel und …?

Da fehlt was, es ist nicht aufgeschrieben, und das ist auch verständlich, denn es hat mit der Straße, über die ich ein Buch schreiben will, gar nichts zu tun, also lassen wir das, wir lassen das weg und machen da weiter, wo ich von hier, Ecke Friedrichstraße – Unter den Linden wieder zurücklaufe, und da ist es schon Abend.

Ein schöner Abend – da steht es in meinen Notizen, und ich lese, ich sehe, ich spüre es auch, wie ich mich einfach von meinen Füßen tragen lasse, immer der Nase nach, und die zeigt nach Norden, zur Spree, denn die ist hier nun einmal das Schönste im Frühling, und wir haben den ersten Frühlingstag heute, man merkt es, die Spree riecht nach Fisch.
Und weil der Abend so warm ist, da trottel ich immer so weiter. Oder weil ich etwas erfahren habe vielleicht, was ich nicht glauben kann?
Alles wird anders! Alles wird anders!

Schon stehe ich wieder wie selbstverständlich an der Ecke zur Großen Hamburger Straße. Hier stand einmal ihr letztes Haus, denn hier ist die Ecke zur Oranienburger Straße, und hier endet die Große Hamburger Straße auch. Es ist die freie Ecke zur Linken, wenn man vom Zentrum kommt. Auf dieser Ecke stand einmal Keilich. Keilichs Spielwarengeschäft.
Größtes Spielwarenhaus der Welt. Neunzehn Schaufenster, drei Etagen, und für jede Art Spielzeug ein eigenes Zimmer. Ein Zimmer für Puppen und eines für Pferdchen, ein Zimmer für Holzbaukästen und eins für die Ankerbau-

kästen aus Stein, die Zinnfiguren belegten eine ganze Etage, es sollen zwanzigtausend verschiedene Arten von Zinnfiguren hier auf der Ecke einmal gehandelt und täglich abgestaubt worden sein, sie waren nach Waffengattungen sortiert, nach Weltgeschichte, nach Vegetationen, und da hab ich noch nicht von den Tieren erzählt, den Tieren aus Stoff und den Bauernhöfen, den Spielen, den Autos, den Eisenbahnen, und auch das ist nicht alles, es gab noch die Kugeln, ein ganzes Zimmer allein für die Kugeln.

Ich muss jedes Mal daran denken, wenn ich über die freie Ecke laufe, aber es ist ja weg, alles weg, nur die Adresse ist noch die alte geblieben: Große Hamburger Straße 22–23.

Ich will noch einmal zur 17 zurück.

Es brennt Licht, im Büro des Tischlers parterre. Darüber, im Zimmer der Frau mit dem weißen Kragen, ist es dunkel, aber das muss nicht bedeuten, dass sie ausgegangen ist. Eher spart sie Strom, diese Frau. Sieht zu, wie es dunkel wird, langsam, über dem Judenfriedhof.
Oder sieht sie mir zu?
Es ist nichts Verbotenes, was ich mache. Und doch geh ich jetzt auf die andere Straßenseite und dann in den kleinen Park gegenüber, so als ob ich gar nicht hinein wollte in das Haus Nummer 17.

Der Park, dieser ehemalige Friedhof, ist in der Tiefe umstellt von den Rückseiten hoher Mietshäuser. Es gehören auch Höfe dazu, die kann man nicht sehen, denn ein rechter Winkel von Mauern begrenzt diesen grünen Fleck hier mit Wänden. In eine davon sind uralte Grabsteine eingefügt, bedeckt mit hebräischen Inschriften, auch Hände sind manchmal darin eingemeißelt, schützende Hände, und an den Rändern hat mancher Stein auch gedrehte Säulen. Wie immer, wenn ich hier reinschaue, bleibe ich vor diesen eingemauerten Steinen stehen und betrachte sie wie alte Bilder, denn ich kann ihre Zeichen nicht lesen.
Ich bin die Runde schon rum, durch den Park, da verlischt parterre in der 17 das Licht, und der Tischler kommt raus. Er sieht mich und freut sich, die Freude ist echt.
Da freue ich mich auch. Sehr sogar freu ich mich, sehr.
Ja, ein bisschen reden wir auch.
Schöner Abend und so. Und ob ich schon wieder was Neues weiß über sein Haus hier. Ja, ich weiß etwas, nämlich, dass im Hofgebäude rechts, von der Straße gesehen,

früher die Kaffeeröstmaschinen der Firma Adler & Waldbach gestanden haben.
»Ach, die Röstmaschinen! Na, die haben wir doch selber rausgeschmissen, damals! Wir waren das, wir haben die ausgebaut, den ganzen Schrott.«

Dann fährt er ein Auto raus aus dem Hof und steigt ein, der Tischler. Fährt los, und nun kann ich rein in das Haus, aber ich geh nicht.

Ich steh vor der 17 und gehe nicht weiter.

Die Frau am Fenster? Ob die mich beobachtet? Ich blicke von hier aus dann eben, von unten, vom Bürgersteig aus, auf die andere Straßenseite, und stelle mir das noch einmal vor, was ich aus dem Fechtsaal gesehen habe – das Hamburger Wappen und die Deutsche Krone, und die Bürgersteige so schmal, so schmal … Da hör ich es wispern, irgendwo hier: »Lass mich! Ich muss in die Hospitalstraße! Lass mich! Und stürze mich nicht vom Bürgersteige, der ist nur so schmal, der ist nur so schmal, nun stürze mich nicht! Ich muss in die Hospitalstraße! Schnell!«

Tatsächlich ist der Bürgersteig hier vor der 17, wo ich jetzt stehe, ja immer noch so schmal, wie er dort gegenüber vor den Häusern auch einmal war, vor den Häuschen, den allerniedrigsten Häuschen, so muss man sie nennen, den Gasthof Zur deutschen Krone, Zum Hamburger Wappen, und die ganze Straße lang ging das so weiter mit niedrigen Häuschen und diesem schmalen Bürgersteig. So schmal wie die Breite einer Granitplatte, und das waren Granitplatten von der billigsten Sorte, halber Meter, wenn's hochkommt, für eine Person, und diese Person durfte nicht dick sein, na, wer ist denn hier dick? Ist überhaupt jemand hier?
Niemand zu sehen.
Und doch wispert es über mir, neben mir, aus dem Raum irgendwo: »Hier ist einer mang uns mang, der nicht mang uns mang gehört, Kamerad, das spür ich, das rieche ich, Kamerad!«

Ich hätte abends nicht hergehen sollen, das mach ich doch nie, hab's noch niemals getan. Warum tat ich es jetzt? Na, jetzt in Gedanken vor Stapeln Papier, da geht das doch einfach, da ist es doch leicht, und für meine Gedanken, da ist es genau die richtige Richtung.

Hui! – wie es pfeift, auf dem Bürgersteig, zu schmal ist er, um darauf ruhig zu gehen, ein Windkanal eher, auf dem es mich zieht, es zieht mich zurückzugehen, den ganzen Weg noch einmal zurück, den ich heute gegangen bin, zurück zu dem Haus Nummer eins wieder mal, zu dem Lagerplatz Rohre, und dann links um die Ecke, dorthin, wo ich morgens, ja, heut in der Frühe noch das Buch aus dem Westen geholt habe, die Fotos aus Rom, und ich stemme mich feste gegen den Luftzug, ich will nicht, ich will nicht zurück!
»Wo bleiben die Strumpfwirker?!«, höre ich jetzt, »sie haben's nicht weit und sind immer die letzten, und manchmal, da kommen sie gar nicht«, und es ist vollkommen dunkel geworden. Schwarz regelrecht ringsherum.
»Oooh …«, hör ich es ausatmen, neben mir, über mir, »oooh, so spät, zu spät …«, aber die Straße ist leer, niemand kommt, ich bin nur beinahe ausgerutscht, ausgerutscht, und ich bin müde.
Sturzgeflecht, denke ich plötzlich und spreche das Wort auch laut aus: »Sturzgeflecht!«
»Ist nicht recht …«, kommt das Echo, »… nicht recht!«
Ein Echo, hier in Berlin.

Es ist dunkler geworden als vorher, ein bisschen nur, also nur etwas dunkler, nur so, dass ich immer noch etwas erkennen kann – da steht ja ein Baum hinterm Haus, ein blühender Apfelbaum, sehe ich doch gleich, und wie er die Äste ausbreitet!
Wie ein riesiger Schirm und so gleichmäßig auch seine Äste, die Äste voll Blüten! Jede so groß wie ein Kupferstück, denn das sind die größten Münzen in diesen Jahren, man denke nicht, dass ich nicht wüsste, wann und wo ich jetzt bin, aber das hier, das wusste ich nicht, wusste niemand wahrscheinlich, den Apfelbaum hatten wir nicht im Aktenpapier, so etwas wird nicht aufgezeichnet, nicht weitergegeben, ein Apfelbaum.
Ein einfacher, alter Apfelbaum, der steht hier und blüht.
Nur einer?
Nein, von hinten gesehen, so hinter den Häusern, den fauligen, morschen, da sind ja die Gärten, die großen Gärten, grad hinter den Gastwirtschaften, und überall blüht es, von hinten gesehen, jetzt in dem warmen April. Es sind Leute im Garten, ich sehe sie nicht, sie sitzen wohl irgendwo ganz ohne Licht, und sie murmeln da etwas, sie reden.
»Ideler!«
»Nein, der Ideler nicht!«
»Doch, der Ideler ist es! Der hat die zweite Pfarrstelle jetzt, der verwaltet das Geld für die Armen, jaja …«
Wie sie so murmeln! Wie sie so einig sich sind!
Zum Staunen ist es, wie sie sich beraten, einer dem andern das sagt, was er weiß, in der Dunkelheit jetzt, ja, Schwärze direkt, man kann die Hand hier vor Augen nicht sehen.

Tatsächlich, kein Mond, keine Wolken, nur Dunkelheit, herrlich. Und gar keine Angst.
Ganz im Gegenteil: irgendwo hier wird gefeiert.
Gefeiert, gesungen, gequietscht und gegrölt, dass die Äste wackeln an allen Bäumen und die Blüten herabrieseln oder auch nicht, es sind weder Schatten noch Menschen zu sehen, nur Stimmen zu hören, die Stimmen, das kann im Ernst kein Gesang sein, was die da versuchen.
»Kinder, nee, Kinder!« Und tiefes Gebrumm: »Es quillt und keimt von unten rauf … weiter, weiter – wie frisch gesäte Saat! … Lasst doch mal, lasst doch mal! … Es wächst wohl aus der Erd heraus, das Proletariat!«
Und: »Komm hierher, Dickerchen, Dickerchen, dick, dick, dick, komm meine Kleene!«, und: »Hui! Ein Sofa sogar, der kein Loch hat, nee, nee! …«
Aber dann kann ich helle Flecken erkennen, Lampen stehen auf Fensterbrettern, Petroleumlampen, ihr Licht ist gelb, dunkles Gelb, sattes Gelb, und dazu blinkt es auch mal Blau und mal Rot.

Rot und Blau, Rot und Gelb, Laternenfarben, aber das liegt vielleicht auch an der schwarzen Nacht, die sich plötzlich zu Blau aufhellt, dunkelstem Blau.
Und alles wird leicht in dem Blau, das die Luft jetzt erfüllt, der feuchte Geruch sogar aus den Etagen parterre, die farbigen Fenster und die Buchstaben über den Hauseingängen, auf Brettertore und Ladentüren gemalt.
Fett und rund ist die alte Schrift: Sattlerei Dahms, Eschke Posamentenhandlung, Schultze Cigarrenfabrikation.

Wie im Schwindel schweben immer mehr von den alten Schriftzügen an mir vorbei, fallende Bilder, verrenkte Zeilen.
Das sind so die Schwächemomente bei dieser Arbeit.
Zuletzt auch noch dies: Louis Keue Große Ausspannung und Fremden Logis.
Louis Keue. Besitzer des Gasthofs Zur deutschen Krone. Große Hamburger Straße 28.
Dieses Rätsel ist auch noch zu lösen. Denn ein Gasthof wird seit vielen Jahren schon nicht mehr genannt unter der Hausnummer 28 im Berliner Adressbuch, aber auf Fotografien, da steht er durchaus, und der Name dazu: Louis Keue.
Dieser Mann, der gegenüber vom Kaufmann Denant hier einmal ein Haus besaß, und beide trugen französischen Namen, ob die sich kannten?
Sie haben ja beide hier auch nicht gewohnt, das weiß ich schon, denn in dem ältesten meiner Adressbuchauszüge steht der Wohnort eines Hausbesitzers noch drin, aber da tippt mir jemand ganz vorsichtig auf die Schulter. Das ist jetzt echt, keine Einbildung, ist der Tischler.
Ja, er musste noch einmal zurück ins Büro.
Und apropos Röstmaschinen: »Gehen wir einen Kaffee trinken?«

Es ist also ein Monat April im Jahr 1983, als ich zum ersten Mal am Stammtisch sitze. Von da an erst wurde das auch mein Café. Unser Café.
Von da an erst heißt der Tischler Manfred für mich, ist der knubblige, lustige Manne, dem die Haare zerwühlt auf dem Kopf stehen, weil er sich in den Haaren wühlt, wenn er angestrengt nachdenkt. In Zeiten, da Holz Mangelware, ist Mannes Haar täglich zerwühlt, denn er will ja der rettende Engel sein, das Goldstück der Gegend, Manne – der Klügsten einer!
So soll ich ihn kennenlernen an diesem Abend. Er freut sich, er will sich nicht lumpen lassen von mir: »So ne intellijente Frau!«

An diesem ersten Abend reden wir kurz darüber, dass das bedrückend ist, hier gegenüber von diesem Altersheim zu sitzen, von wo so viele Menschen doch in den Tod fuhren, da reden wir drüber und später nie mehr. Wir haben's gesagt und wir wissen es auch und wir wissen, dass alle es wissen. Viel lieber erzählen wir uns etwas, was keiner wusste bisher, oder nur wenige, so wie das mit den Röstmaschinen, oder was einer weiß, der mit dem Rücken zu uns vorn am Tresen steht und von Manne »Bernhard« gerufen wird.
»Bernhard, komm doch mal her!«
Denn der Bernhard wohnt in der Oranienburger, was ja interessant für mich sein müsste, für mein Buch, sein Vater sei früher Fleischermeister gewesen, aber angestellt als … als …
Es fällt Manne nicht ein, und Bernhard ist vertieft in ein Gespräch mit seinem Nebenmann. Der dreht sich erst um,

als Manne ihn grob in den Rücken piekt mit dem Zeigefinger.
»Wat war dein Vater bei Koschwitz?«
»Klotzgeselle!«
Ja, jetzt weiß Manne es wieder, Klotzgesellen habe es gegeben und Ladenmeister:
»Stimmt's Bernhard?«
»Sechs Klotzgesellen, sechs Ladenmeister«, tönt es vom Tresen, dann aber nichts weiter, nur Manne erklärt allen am Tisch jetzt die Firma Koschwitz, berühmteste Wurstfabrik von Berlin, Fertigung in vier Etagen, parterre zwei Läden, links Feinkost, also Fasane, Kaviar und so weiter, und rechts die Wurst.
Es sollen zwei Brüder gewesen sein, der eine fuhr rote Lieferwagen, der andere grüne, und demnächst wird er mir mal die Rohrleitung im ersten Durchgang zum Hof zeigen, in der Oranienburger, gleich um die Ecke.

Die Rohrleitung sei direkt aus der Decke gekommen, grade runter also, an der Wand lang vom ersten Stock, wo oben die Kessel standen. Direkt darunter hätte man sich Wurstbrühe abfüllen können für paar Pfennige. Es soll immer eine Schlange von Hausfrauen davor angestanden haben und Kindern auch, alle mit Milchkannen. Nach der Brühe standen die an. Der Bernhard am Tresen, der wüsste mehr, der könnte auch sagen, wie das Lied ging, das die Fleischer von Koschwitz immer gesungen hätten, wenn sie auf dem Hof gearbeitet haben!
»Die Würstchen von Koschwitz und ein Stückchen vom Schwein, die … na?

Bernie, nu hilf mir doch mal!«
Aber Bernhard wendet sich nicht mehr um, dafür kommt Otti, Mannes großer Sohn, und setzt sich zu uns. Der macht grad seinen Meisterlehrgang. Mannes Frau will auch noch vorbeikommen, aber es ist die geschiedene Frau, und an dieser Stelle macht er eine Pause und sieht mich neugierig an. Ja, ich bin auch geschieden.
»Na, so wat!« Beinahe hätte der Tischler sich das gedacht! Und ich beim Lesen muss staunen – ja, wirklich, warum sind wir denn alle geschieden?
Alle geschieden. Na, so was.

Otti aber, der Sohn, bestellt sich ein Bier, wartet hier auf seine Freundin und wird nervös, denn die kommt nicht, während Manne und ich immer noch so tun, als ob wir darauf warten, dass der Koschwitz-Bernhard etwas Zeit hat für uns.
Hat er nicht, ist dann auch plötzlich verschwunden, wir können ihn nicht mehr erkennen, denn es wird einfach zu voll hier drin. Jeder von uns hat inzwischen seine drei Schnäpse getrunken, die Manne bestellt hat, ich bin eingeladen und frage ihn, ob er sich vorstellen kann, dass sich alles hier ändert, alles, weil die Sowjets, also in Moskau die, nicht mehr so weitermachen. Das hätte mir vorhin grad einer erzählt.
»Nee!«, ruft Manne jetzt laut, und sein Sohn tut es auch.
»Nee! Neeneenee, wat kenn Sie denn für Leute?!«
Da sind wir immer noch beim Sie.

Schließlich – er sagt das nicht einfach dahin, der Tischler. Er war doch einmal – und nun will er flüstern am liebsten, aber der Sohn weiß schon, was kommen soll, und ruft übern Tisch: »Eene janz rote Socke war der!«, und der Vater nickt.
»Rote Socke, ja, bin ick jewesen.«
Bis er eben auf Montage geschickt wurde von seinem Betrieb, wo er Brigadier war, ja klar doch, auch so was ist er gewesen, auch so was, in einem Großbetrieb Brigadier. Und als Brigadier eben mehrmals auf Montage geschickt in einen Bruderbetrieb in die Sowjetunion.
»Rostow am Don!«, ruft er, »Rostow am Don!«
Eine Auszeichnung, eine Delegierung seien solche Aufträge damals gewesen, und helfen sollten sie dem Betrieb dort, die deutschen Freunde, und da hätte er Sachen erlebt, Sachen!
»Haha, jaja!«
»Was denn, ja, was denn?«
»Ja, wenn Sie so fragen …«
Aber da bemerkt ein langer Blonder an unserem Tisch, der Heini genannt wird, dass es der Chirurg vom Krankenhaus Hedwig ist, mit dem Bernhard spricht, und schlägt eine Hand vors Gesicht, magere Hand. Der ganze Mann ist mager, aber gut angezogen, am besten von allen, in Anzug und Schlips. Jetzt fragt Manne die Serviererin Karin, die grade mit Bier vorbeikommt, ob etwas los sei mit Bernhard, und erfährt von Rippenbruch, Schulter und Schmerzen, denn Bernhard sei doch vom Hänger gerollt vorige Woche beim Ausladen von irgendwas für den Gemüsemann.

Niemand am Stammtisch hat's mitgekriegt, diesen Unfall, und Manne macht Bemerkungen über die ungelernten Leute, die hier so rumlaufen, kann nur den Kopf schütteln über so was.
Dass alles sich ändern soll, hat er vergessen. Mich aber nicht.
»So ne intellijente Frau!«
Vor mir will er noch glänzen mit der Frage nach einem Max von Baden. Was ich von dem halte.
Nein, nie gehört, diesen Namen.
Ja, das hat er sich schon gedacht, aber genau darüber wäre zu reden, nur jetzt nicht, jetzt muss er nach Hause und ich muss das auch. Nach Hause gehen. Denn wir wohnen hier beide nicht. Eigenartig.

Und der Tischler, der auch für mich von jetzt an Manne heißt, rauscht ein zweites Mal ab, in die stille Oranienburger hinein. Eine Richtung, in die ich ihm folge. Hatte der nicht zu viel getrunken, um Auto zu fahren?
Weg ist er. Der braucht doch sein Auto noch.

Draußen die Nacht ist viel heller als vorhin. Vorhin vor der Nummer 17. Die leeren Ecken der Großen Hamburger Straße links und rechts zur Oranienburger sind deutlich zu sehen, die huckligen Flächen aus Schotter und Pfützen. Links rum sind es nur ein paar Schritte bis zur Nummer 4, wo auf dem Hof die Fleischer von Koschwitz früher gesungen haben.
»Die Würstchen von Koschwitz und ein Stückchen vom Schwein …« und weiter?
Schade. Es wird mir keiner mehr sagen, was die Klotzgesellen gesungen haben, wenn sie unter freiem Himmel das Fleisch hackten, keiner.

Aber drei Seiten weiter in meinen Aufzeichnungen, da steht es geschrieben, da hatte ich es ja selber getippt: Die Würstchen von Koschwitz und ein Stückchen vom Schwein, die sind mir viel lieber als ein Mädchen vom Rhein!

Und dann steht da noch: Kochwurst von Koschwitz.

Ich will den Fechtsaal noch einmal sehen.

Ich will den Fechtsaal noch einmal sehen. Kaum bin ich wieder in Höhe der Nummer 17, da denke ich dran. Wenigstens nachsehen könnte ich, ob die Türe zum kleinen Treppenhaus in dem Durchgang zum Hof abgeschlossen ist um diese Zeit. Nein.
Na, dann öffne ich eben die Tür.

Woher ich die Zeit habe und den Mut? Das weiß ich nicht.
Nein, ich weiß es ja doch. Es ist nur Papier. Ist Papier.
Ich selber befinde mich sicher und in weiter Ferne, in Zeit und in Ort so weit weg, viele Jahre, und ich weiß ja so viel, weiß viel mehr als damals, und es ist Frieden. Wir haben hier Frieden, jetzt, in Berlin, im Jahr 2015, beim Lesen der alten Papiere, aber damals ja auch, im Jahr 1983!
Darum kann ich ganz einfach noch einmal, ganz leise, die Holzstufen hochsteigen an dem elfenbeinfarben lackierten Treppengeländer entlang und die Klinke vorsichtig runterdrücken, leise, so leise, dass die Katze der Frau gegenüber nichts hört, gelbe Katze, und wieder ist diese Tür zum Fechtsaal nicht abgeschlossen, sie lässt sich öffnen, und dahinter ist alles leer.

Und doch ist ein Atmen im Raum. Ein Pfeifen und Schwingen, als ob immer noch Degen und Säbel die Luft hier durchschlagen, zerschneiden, zerquirlen, und es ist ja auch Freude dabei, die Freude zu siegen, zu leben, zu springen! Ich weiß, und es ist lange her.

Ist da wirklich ein Atmen?

Vielleicht auch nur meines, denn ich bin angespannt, kann auch kaum was erkennen im Dunkeln.
Gibt es Licht?
Ja, ein Schalter ist zu sehen an der Wand, aber die Lampe fehlt an der Decke. Inzwischen gewöhnen sich meine Augen, und wie der letzte Gedanke doch immer der erste ist, solange man sicher ist, sich in der eigenen Zeit zu bewegen, geh ich zum Bücherregal, aber zum Entziffern der Buchstaben auf den Rücken der Bücher fehlt die Geduld – ein Schritt und ich bin am Fenster.

Tatsächlich – dort unten, auf der anderen Straßenseite steht wieder dieses alte Haus mit Spitzdach in grellem Laternenlicht, und das andere auch. Diese niedrigen, lumpigen Häuser mit ihren Schriftzügen direkt auf die Hauswand gemalt: Zum Hamburger Wappen, Zur deutschen Krone, und der Gemüsekarren steht da. So ein hoher Schubkarren mit zwei großen Rädern aus Holz und einer schönen, breiten Ladefläche dazwischen.

Da hör ich es deutlicher atmen und pfeifen. Die Matte, wo liegt denn die Schaumgummimatte, die hatte ich ganz vergessen vorhin!
»Hallo?!«
Alles still.
Ich muss auch still sein, denke ich. Still.
Sitzt da jemand?
Flüstert er was?
Ein Schmatzen eher als Flüstern ist das, ein Gaumenzusammenschnappen und zahnlos natürlich, die waren

wohl zahnlos, da früher, und sind es nicht zwei, die da sitzen und schmatzen?
Nichts zu erkennen, ich muss länger hinsehen in die Zimmerecken, schärfer, muss also am Fenster stehend auch das Zimmer im Blick halten – unten die Straße und oben den Raum. Ich höre das Schmatzen, das Atmen, es atmet, bin ich das?

Klauen alles, klauen … Der Tugendheim soll seine Kinder erziehen … das kann er doch gar nicht, der lebt doch nicht mehr, schon lange nicht mehr … im Rüster … im Rüster, da wohnt man doch nicht … du nicht, er schon …

Kalt und abgestorben fühle ich mich, und im Zimmer bewegt sich gar nichts. Auf der Straße auch nicht.
Lange stehe ich so da.
Was für ein Ghetto!

Habe ich das gesagt? Es ist mir so rausgerutscht. Normalerweise denke ich nicht an die Juden hier, Juden und Juden.
Ich denk nicht an sie, sie sind weg. Dort gegenüber sollen früher einmal Tausende begraben worden sein, etliche Tausend, denn der alte und riesige Friedhof, er grenzte ja an die Sophienstraße, die früher wohl Kirchhofgasse geheißen hat, aber als das Grundstück der Juden bis an diese Straße reichte, kann sie noch nicht so genannt worden sein, denn da stand die Kirche noch nicht. Der Baugrund für ihre Kirche ist den Protestanten ja erst von den Juden geschenkt worden. Sie schenkten das hintere

Stück ihres Friedhofs dafür. Das Stück bis zur Kirchhofgasse.
Und darum muss diese Gasse vorher noch anders geheißen haben, denn die Kirche Sophien mit den Gräbern um ihr Gebäude herum hat es damals noch gar nicht gegeben, aber wie – wie hat diese Straße bloß damals geheißen?
Man muss nachsehen, was in der Urkunde stand. Für gute Nachbarschaft – das soll übrigens auch noch darin gestanden haben. Für gute Nachbarschaft wird es geschenkt, und die hat es gegeben.
Es wurden die Toten in Ehren begraben, auch die jüdischen Toten der Großen Hamburger Straße, das weiß man ebenfalls. Aber weil niemand ihre Geschichte kannte, nicht einmal sie selber, da hat die Gemeinde eines Tages einen Mann aus Lissa kommen lassen. Ein Leiser Landshut soll jahrelang jeden Grabstein registriert, die Inschriften darauf gelesen, notiert und seine Forschung darüber auch schriftlich niedergelegt haben. Er soll eine bekannte Erscheinung der Gegend gewesen sein, mit Käppchen und Kaftan, und täglich die Straße hin- und hergelatscht, rein in das Altersheim, rein und durch den Durchgang des Hauses gegangen zum Friedhof, der damals aussah wie der von Prag, mit den eng und schief nebeneinander in der Erde versinkenden uralten Grabsteinen.

So stehe ich am Fenster da oben im Fechtsaal und stelle mir einen alten Mann vor, gebeugt und grau, mit schleppendem Gang, ja, schlurfend beinahe.
Die alten Juden stelle ich mir schlurfend vor und langsam

laufend: Da ist er, da kommt er, da läuft er hinein. Nein, Unsinn – er kommt heraus, heraus aus dem Tor, denn es ist ja schon Abend.
Was für ein Ghetto!

Ja, ich war das, ich, mit Sicherheit ich, und eigentlich ist es ein Stöhnen. Die Juden, sie stören mich hier bei meiner Geschichte, sie stören mich, sie bringen das Unglück in meine Forschung hinein, und das will ich nicht. Ich will es lustig haben, lebendig und schön, schließlich lebe ich heute, ich lebe und sie sind tot!
Die andern sind auch tot, die hier einmal lebten, doch sie sind vergessen, aber die Juden nicht.
Die toten Juden sind nicht vergessen, also sind sie immer noch nicht wirklich tot.
Sie können nicht sterben, befinden sich irgendwo über uns, neben uns, hinter uns! Im Limbus vielleicht, im Niemandsland, und das ist die Hölle, das muss ja die Hölle sein, so ein Zustand dazwischen.
Denn wenn sie tot wären, wirklich und wahrhaftig tot, dann könnten wir über sie reden und lachen wie über die beiden Frauen zum Beispiel, dort schräg gegenüber im Haus Nummer 29, die immer noch jeder dem Namen nach kennt, der lange hier wohnt, die beiden Schwestern, die möglicherweise auch Zwillinge waren, beide mit Dutt und beide penibel, so penibel wie hier im Osten schon lange kein Laden mehr geführt wird, kein Restaurant. Bei denen, in ihrer Milchhandlung, da konnte man wirklich vom Fußboden essen. Vom Fußboden essen, jawohl! Haha!

Hatte das auch diese Frau erzählt, die mit der Perlenkette, der Brosche am weißen Blusenkragen?
Die Alte am Fenster?
Sie hat mich beobachtet.
Das hat sie ja selber gesagt, heute Mittag, meine Gesprächspartnerin, so zwischen Holsatia und Kaffeerösterei, dass sie alles beobachtet, was sich draußen bewegt. Das haben alte Frauen so an sich, wenn ihr Fenster zur Straße rausgeht. Sie sehen alles. Na, alles auch nicht. Manches sehen sie gar nicht, überhaupt nicht, sogar wenn ein großes, dreistöckiges Haus eines Tages verschwindet, auch wenn es genau gegenüber stand, auf der anderen Straßenseite, da haben sie nichts bemerkt, nichts gesehen, ja, schade.

Nichts gesehen von allem, was vor dem Altersheim vor sich ging, gar nichts. Sie war jung, ist zur Arbeit gegangen, ging erhobenen Kopfes die Straße entlang, tut es immer noch so und ich auch.
Ich denke mir nur meinen Teil, wenn Frauen wie sie mich beobachten in der Nacht. Und ich geh auch nie wieder zu ihr.
Denn auch ich bin nicht ehrlich, sonst würde ich sagen, dass auch mein Großvater und meine Großmutter auf solche Transporte gingen und niemals mehr wiederkamen, niemals, und dass ich die leere Grundfläche des Altersheimes nur mit Schrecken betrachten kann und doch immer wiederkomme, hierher, immer wieder zurück.
Es ist kein gutes Gefühl, wenn man etwas verschweigt, aber ob sie es glaubt oder nicht, ich hab auch keine Lust auf die Sachen von gestern, ich auch nicht.

Und warum ich dann immer wiederkomme? Immer wieder zurück in die Straße des Todes?

Ein Rätsel. Es gibt doch so viele davon.

Und nun reicht es, jetzt ist es auch gut. Denn jetzt haben sich meine Augen an das schummrige Licht der Laterne da draußen gewöhnt, und ich kann die Matte besser erkennen, mit ihrer verknautschten Wolldecke, und niemand sitzt dort, kein Geist, kein Gespenst, es schmatzt höchstens in den Leitungsrohren hier irgendwo, Wasserspülung und Heizungskessel, und das Bücherregal steht noch genauso da wie vorhin.
Nun also – was las der Bewohner?

Wie der Stahl gehärtet wurde. Sowjetischer Revolutionsroman. Pflichtlektüre der siebenten Klasse aller Schulen des Landes. Und weiter?
Neueste Literaturgeschichte, Teil II.
Hegels Erkenntnistheorie in sechs Kapiteln.
Das astrologische Häusersystem.

Na, so was. Astrologie. Solche Bücher gibt es nicht zu kaufen, da wo ich bin. Die werden hier nicht gedruckt, nirgendwo im Land, denn Astrologie ist Aberglaube und Aberglaube wird nicht verbreitet, niemals. Tatsächlich lese ich als Erscheinungsjahr: 1907.
Dieses Buch behalte ich in der Hand. Denn das ist mir neu: Die Häuser werden auch astrologisch beschrieben?
Ein Schritt genügt bis zur Schaumgummimatte, dann setze ich mich hin und schlage es auf. Im Halbdunkel lassen sich nur die Überschriften deutlich erkennen: Das erste Haus, Das zweite Haus und so weiter.
Ein Haus Nummer 17 ist nicht mehr drin. Ein Haus Nummer eins aber schon.

Und wie ich das hier so als Überschrift lese: Das Haus Nummer eins, trifft es mich wie ein Schlag. Ist es nicht das Haus Nummer eins, das mich eigentlich immer beschäftigt? Was steht darüber geschrieben?

Das erste Haus zeigt uns die Herkunft.
Nichts, was auf die Welt kommt, ist leer.
Aber leer muss es werden, sonst geht es nicht weiter.

Das ist das ganze Geheimnis?
Soll so sein.
Und eben, wie du es leer machst, wie du da herangehst, das steht geschrieben im Haus Nummer eins.

Aber es ist ja schon leer! Das Haus Nummer eins, es fehlt in der Straße!
Und sogar wenn man mit der Nummerierung der Grundstücke am anderen Ende der Straße begonnen hätte – vorne an der Oranienburger Straße, auf der Ecke, wo Keilichs Spielwarengeschäft einmal stand, das Grundstück Nummer 23 oder gegenüber auf der anderen Ecke zur Oranienburger Straße, auf der heutigen Nummer 24, oder umgekehrt, auf dem anderen Ende der Großen Hamburger Straße und gegenüber vom Lagerplatz Rohre – dies Grundstück hat die Nummer 41 und hätte doch auch einmal eine Nummer eins werden können, aber egal, für uns heute egal, denn sie sind alle leer!
Alle leer.

Und dann höre ich es wieder schmatzen und zischeln.

Dunkel ist es? Ein Haus mit zwei Dielen und Treppenhaus?
Acht Türen auf kleinem Raum? Kleinstem Raum?
Acht?

Wie ich darauf komme? Ich bin hinuntergestiegen, aus dem Fechtsaal raus und hinuntergestiegen, in Gedanken, die Treppe runter. Ich bin immer noch in der 17, natürlich, das Haus Nummer 17, das ist mein Liebling, ich sagte es schon, und von dem Haus, diesem alten, das niemals, seit alters her niemals abgerissen und neu gebaut wurde, von diesem Haus liegt ein Grundriss in meinen Papieren, ein Grundriss von Hand gemalt, meiner Hand, aber der Tischler stand neben mir damals, erklärte mir, wo eine Linie enden müsste, weil dann eine Wand kommt, ein Schuppen, ein Luftschutzkeller.
Und nun im Dunkeln, wie ich vorsichtig, leise die Treppe, die schöne, auch wieder hinunter mich taste, da sind auf meinem Grundriss unter der Treppe ja auch noch zwei Türen eingezeichnet, eine links, eine rechts.
Die rechte, die führt ins Büro von dem Tischler, die linke führt auf dem Plan in ein Stübchen. Das Wort *Backstube* habe ich quer darüber geschrieben, damals, vor dreißig Jahren. *Kleingebäck*. Gemeint war die Backstube von dem Café, in dem wir alle gerade noch saßen.
Dahinter geht es weiter auf meinem Plan – ein Korridor, eine Tür in den Hof, ein Schuppen. Das abgebrannte Quergebäude ist nur gestrichelt eingezeichnet, weil es fehlt, natürlich, an der Seite die Rösterei, aber ganz hinten dann wieder hat der Tischler mir kleine Vierecke angesagt,

und ich habe sie dann mit dicken Strichen gezeichnet. Über den Vierecken steht *Waschhaus, Garage, Heizkessel im ersten Stock, Lagerraum Holz*, und in der Mitte natürlich steht *Hof*. Der große Hof.
Und ist das nicht alles ein herrliches Haus Nummer eins?
Ein Haus, in dem man sein Leben verbringen kann, das ganze Leben mit einer großen Familie, ja, und keinem ist es gelungen. Warum?

Doch jeder, der einmal hier lebte, will hierher zurück, ich weiß es, sie haben es alle erzählt, zurück zu den Winkeln, den Treppchen und Türen, und genauso wie ich jetzt die Treppe hinuntersteige, leise, so könnte jeder von denen auch blind sich hindurchtasten durch alle Räume und gut fühlen – wohl.
Sich fühlen, als ob er schlaftrunken mal schnell in den heimischen Räumen ein Glas Wasser holt oder der Katze die Tür öffnen will.
Und aufs Klo natürlich, wo ist die Toilette?
Auch dorthin, da führt eine Tür, eine winzige. Alle die Türen, die sind ja so liebevoll einmal gearbeitet, gute Tischlerarbeit mit Fugen und Rillen, Ölfarbe drüber geklatscht, hundert Jahre lang, noch einmal hundert.
Und schon wieder hör ich es atmen, das ist keine Einbildung, und das bin auch nicht ich – es kommt aus dem kleinen Büro. Da schläft jemand.

In Mannes Büro schläft jemand. Dort haben schon viele geschlafen. Auch das weiß ich lange schon, lange. Sie

schlafen da, seine Freunde oder die Freunde der Vormieterin oder sie selber, die Wirtin des Cafés in früherer Zeit, sie schlief da, sie schlafen da, weil sie sich wohlfühlen. Wohl.
Das ist es doch, und das wollen sie alle, darum kommen sie aus den entferntesten Gegenden immer noch her und packen sich, wenn es denn sein muss, sogar auf die schiefe und krumme Couch vom Tischler parterre, ja, warum denn auch nicht?
Schlafen gut, schlafen fest.
Natürlich, manche, die schlafen zu viel.
Der Heini zum Beispiel vom Stammtisch, der Dünne im Anzug, mit Schlips und mit Kragen. Ein Kellner. Ursprünglich war er ein Kellner. Warum er nicht arbeitet? Er will in den Westen. Darum hat er die Arbeit als Kellner verloren, das hat er vorhin am Stammtisch gesagt. Seine Ehefrau arbeitet täglich, dabei will sie auch weg, hat auch einen Ausreiseantrag gestellt. Es ist immer Zufall, wie es dann kommt, wenn man gehen will, gehen für immer.
Mancher behält seine Arbeit, und mancher auch nicht, und mancher, der schläft dann sehr viel. Das hat Heini selber erzählt. Vielleicht ist er es ja, der dort schläft. Oder auch nicht. Aber jetzt in der Nacht ist mir das auch egal.
Für mich in der Nacht schläft da einfach ein Mensch, fest und gut, wie in einem Zuhause eben, besser kann es nicht sein, dieser Frieden, den so ein Schnarchen ausstrahlt, hinter einer geschlossenen Tür, dieses Schnarchen um diese Zeit klingt mir so, als ob eine große Familie das

Haus hier bewohnt, und ich bin gerade nach Hause gekommen.
Jetzt sind alle da.

Da muss ich doch nun nicht grad weggehen. Da kann ich doch bleiben.

Das Buch habe ich mir vorhin eingesteckt. In den Beutel gesteckt zu dem Buch aus dem Westen. Einen Tag werd ich's mir wohl mal ausleihen können – oder zwei.
Denn die Nacht ist bereits fortgeschritten, in dieser Nacht werde ich keine Bücher mehr lesen, aber noch lange im Hause herumgehen werde ich auch nicht, nur noch ein Blick in das Stübchen, wo einmal die Backstube war, von unserm Café, ist dort drinnen Licht?
Weiß nicht. Ich habe bisher keinen Schalter bedient, keine Taste gedrückt, ich sehe, ich sehe nur Schrift auf dem alten Papier.
Doch es scheint Licht raus, Geräusche, ein Grunzen, ein Lachen sogar, und immerzu fasst mich was an, so kommt es mir vor, zieht mich und treibt mich, wie vorhin auf dem schmalen Bürgersteig.
Lass mich! Genauso will ich schon wieder rufen: So lass mich! Ich lauf auch alleine, ich bin doch erwachsen, erwachsen!
Und jetzt drück ich die Klinke von dem Backraum gleich unter der Treppe und sehe ein winziges Zimmer.
Es kann niemals ein Mensch hier gebacken haben!
Das hat der Tischler einfach verwechselt, als er mir den Grundriss des Hauses erklärte, er hat es verwechselt, denn in seinem Plan führt das Zimmer zu einem Flur. Doch es gibt keine Tür, um weiter zu gehen.
Auf dem Boden ein Teppich. Ein alter, gemusterter Teppich, viel verschlungenes Rot, viel verschlungenes Blau, aber schmutzig das alles, latscht wohl jeder darüber, jedoch gar nicht kalt.
Es ist nicht kalt hier drinnen, wo grad mal ein Bett hinein-

passen würde, oder solch eine Schaumgummimatte, wie sie oben im Fechtsaal immer noch liegt.
Wie spät mag es sein?
Ein Blick nach draußen ist leider nicht möglich, es gibt hier kein Fenster.
Ach so, eine Kammer.
Darum ist dies Zimmer vergessen im Grundriss, es ist gar kein Zimmer, es ist eine Kammer.
Und wenn ich die Türe jetzt hinter mir zuziehe, ist das meine Kammer.
Eine Kammer für mich in der 17!

Und dann – wie schön wäre das, hier Familie zu haben.
Dann wäre auch einmal von mir jemand hier.
Ja, heute, da fällt mir das ein.

Da trübt sich die Ruhe schon wieder, verschmutzt irgendwie, und ein Mann ist erkennbar, ein kleiner und grauer, nein, der kann nicht aus meiner Familie sein, und der sagt ja auch Sie zu mir, Sie!
»Sehen Sie! Sehen Sie! Da!«
»Was?«
»Die Wand! Gestern war noch eine Tür an der Stelle, oder?«
»Ich weiß nicht.«
»Sie wissen es nicht, aber ich weiß es! Dort war sie, dort in der Wand, eine Tür, und jetzt ist sie weg! Und morgen?« Listig sieht er mich an. »Was denken Sie? Werden wir uns morgen hier wieder begegnen?«
»Ja, warum nicht?«
»Warum? Weil hier alles versinkt und versinkt, Sie wissen's genau, und Sie sagen es nicht, Sie lügen, Sie lügen und stehlen dazu! Geh'm Se mir mein Buch zurück!«
»Welches Buch?«
»Na, soll ich Se schubsen? Die Polizei holen, Sie! Was können denn Sie damit anfangen? Nichts! Und hier noch dazu, mit das Aufsteigen und das Verschwinden, jede Minute, und jede Minute unter einem anderen Stern, wissen Se! Jaaaaaa, mooooorgen ...«
Er zieht das Wort so eigenartig in die Länge, als ob eine Schallplatte ins Leiern kommt, sodass ich genauer hinsehe, und da sehe ich, wie einem Nebel gleich er sich auflöst, wegtaut, dieser kleine Mann, wie will der das Buch tragen, wegtragen, aus meiner Tasche? Lächerlich.
Aber da dreht er sich noch einmal um, er sagt: »Viele vergessen jetzt vieles.«

»Ja«, sage ich, »alles wird anders.«
Und er: »Und was nun zu beobachten wäre, das ist ein gemeinschaftliches Verlieren des Verstandes.«

Aber wir hatten doch keinen, das denke ich, und ich denke auch, dass der hier vielleicht Astrologe ist und dass ich ihn festhalten muss, er soll mir sagen, wie es weitergeht, heute, im Jahr 2015, und wiederum nicht, denn ich will hierbleiben, und der da, so boshaft und klein, mit dem kann ich nicht leben, das will ich auch nicht, es passt hier nur einer hinein in die Kammer, auf den Teppich, so blau und so rot, nämlich ich! Jawohl, ich! Denn ich will hier bleiben, mit oder ohne Verstand, und damals, da wollt ich das auch!

Das weiß ich jetzt wieder, und dass man dort schlafen müsste, nur schlafen, auf einem Teppich, so blau und so rot.

In der Nacht liegt die Große Hamburger Straße dunkel da, der Friedhof schattig, nur in der Oranienburger glänzen die Straßenbahngleise. Sie führen an den beiden Eckgrundstücken der Großen Hamburger Straße vorbei, die leer sind.

Ein Fußgänger, wenn er in die Große Hamburger Straße einbiegen will, der läuft schräg rüber über die freien Ecken, schräg nach rechts, schräg nach links, man kürzt sich den Weg ab. Nur die Bahnen fahren gerade vorbei in ihren stählernen Gleisen.

Diese Gleise, sie ziehen sich wie glänzende Fäden von der Friedrichstraße zum Hackeschen Markt, dann links in die Rosenthaler hinein und teilen sich dort. Eine Spur führt rechts um die Apotheke herum, dann links in die Neue Schönhauser Straße, dann rechts rum und wieder rechts und von da an nur noch geradeaus, geradeaus – bis weit in die Stadtrandgebiete.

Die andere Spur läuft schnurgerade vorbei an den Kaufhausruinen der Rosenthaler Straße über den Rosenthaler Platz, dann den Weinberg hoch und mit Schwung durch die alte Kastanienallee, hinaus in den Norden, ins Grüne hinaus.

Es schimmern und glänzen die Schienen bei Nacht wie poliert und das werden sie auch, denn leuchtend und leer kommen rund um die Uhr die Straßenbahnen herangeschoben.

Ihre Räder sind Scheiben, die schleifen die Schienen, sie putzen, polieren und halten sie sauber, die Fäden aus Stahl, dass sie glänzen im Mondlicht. Aber bei Dunkelheit auch. Es ist eigentlich überall dunkel hier nachts, rings um die

Große Hamburger Straße, etwas heller nur vor dem S-Bahnhof. Hier rattern die S-Bahnen über den Viadukt, und wenn sie anhalten, oben, Station Marx-Engels-Platz, kommt ab und zu auch ein Mensch heruntergestiegen, geht dann im Durchgang unter den S-Bahn-Gleisen meistens nach rechts, zur Haltestelle der Straßenbahn.

Die Bahnen mit den Nummern 49, 63, 71, 72 und 73 halten direkt vor diesem Durchgang. Und wartend, bis die richtige Straßenbahn endlich kommt, kann der nächtliche Fußgänger lange und immer wieder den Schriftzug über dem kleinen Laden auf der Straßenseite gegenüber lesen: *Photo – Häberle. Ankauf – Verkauf – Reparaturen. Photoarbeiten.*
Daneben über einem gittergeschützten Kneipenfenster steht auch ein Wort: *Mariola.*

Das ist das ganze Himmelreich, nach dem sich später so viele sehnen werden.

Die gelbe Raupe mit dem kleinen Gesicht einer Dienerin – da kommt sie herangeschoben.
Leuchtend und quietschend in ihren Schienen, hält auch brav in der Nacht vor dem Durchgang unter dem S-Bahnhof mit dem Namen Marx-Engels-Platz.
Die Türen öffnen sich nicht von alleine, nein – an einem Griff schiebt man sie auf, man schiebt sie auf, steigt dann hoch und sie wartet solange. Fährt weiter.
Eine Fahrt kostet zwanzig Pfennige. Egal wie weit und wie lange man fährt, zwanzig Pfennige, die wirft man in eine Art Kaffeemühle, wo das Geldstück noch sichtbar bleibt unter Glas, bevor man es selber durch Abreißen eines Stückchens Papier von einer Banderole weiterschiebt, ein Stück weiter heran an ein Loch in der Geldkiste, in der Kassette, die sich darunter befindet. Das ist Handbetrieb, einfach und billig. Zu billig, darum bezahlen viele auch nicht.
Es imponiert nicht, die einfache Art zu bezahlen, und wird ja auch nie kontrolliert. Fast nie. Denn schließlich, wir wissen es alle, auf der anderen Seite der Stadt, in dem Westen, dem sagenhaften, da weiß man gar nicht mehr, was eine Straßenbahn ist, da fährt man im Auto oder unter der Erde, ein Flitzen, ein Rasen ist das da drüben, und wenn man an Automaten bezahlt, dann glänzen die, dann sind es größere Kästen, in denen was abläuft, was ganz Kompliziertes, das kostet dann was und das hat dann auch Wert und wird streng kontrolliert, ja – so wird's gemacht auf der Welt, nicht so wie bei uns, diese Klapperkisten. Nichts wert, hier im Osten, nichts wert.
Es ist alles nichts wert.

Diese Bezahlkiste mit dem Griff dran, das ist übrigens eine Erfindung von Lehrlingen, die jährlich auf einer Messe der Meister von Morgen ihre Vorschläge machen können für eine Verbesserung von irgendwas, und wenn es gefällt, wird es auch hergestellt, es wird »in die Produktion übernommen«. Die kleine Kiste muss man als Auszeichnung sehen, für ganz junge Leute, das weiß aber niemand, fast niemand, wir kennen sie nicht, es sind Unbekannte.
Sieh, die Häuserwände, so abgeschrammt, bröcklig, so alt. Seit dem Kriege stehn sie unberührt da, seit dem Krieg. Auch sie trüben das Licht uns ein, auch sie.
Ein Labyrinth aus schmuddeligen Wänden ist das, wo die Bahn uns hindurchzockelt, erst links herum, in die Rosenthaler Straße hinein, dann geradeaus über den Rosenthaler Platz und den Weinberg hoch in die schiefe und krumme Kastanienallee.
Es quietschen die Räder in ihren Schienen, es klappern die Türen, es klingelt die Glocke beim Anfahren, ja, es ist Mitternacht in der Straßenbahn, Mitternacht, doch allein bin ich nicht. Es sitzen zwei junge Mädchen noch drin in der Wackelkiste. Rauchen und reden, wollen tanzen fahren, Café Nord, und da sind wir auch gleich, na also: Schönhauser Allee!
Wir haben hier nur die Schönhauser Allee für ein Großstadtgefühl, aber was für eines, du meine Güte!
Was für ein Ghetto!
Da ist es wieder, das böse Wort. Und ein anderes Wort: Weggeworfen!
Wir haben es weggeworfen!

Die Bahnen auch – weggeworfen, na klar, aber wie ist das gegangen?
Sie waren ja grade erneuert worden, denn zuletzt fuhren wir in den Tatra-Bahnen, mit Schalensitzen und riesigem Tempo, wo sind die geblieben?
Zerquetscht wahrscheinlich und ordentlich turmhoch gestapelt, ganz ordentlich, na, so ordentlich müssen das aber sehr hohe Türme geworden sein, ordentlich platt gequetscht, wie man es mit den Autos tut. In die Quetsche kommt so ein Auto – gestern ein Liebling der ganzen Familie, heute die rostige Flunder in einem Stapel, Stapel von Flundern, von geflunderten Glücksmomenten, ja, stimmt – Glücksmomente!
Tatsächlich habe ich mich einmal verliebt in der Straßenbahn, in der Nummer 46, sie fuhr ja so langsam und quietschte dabei und man konnte sein eigenes Wort nicht verstehen. Das war nicht jedes Mal so, aber diese nun grade, an diesem Abend, die war dermaßen ungeölt, dass man sein eigenes Wort nicht verstand, und da standen wir – er und ich – und konnten uns wirklich nur ansehen, anblicken, und dazu lächeln und so immer weiter, ja, so etwas hat es gegeben, und jetzt muss ich aussteigen, jetzt bin ich da.
Pankow. Da war ich zu Hause. Na und?
Muss ich jetzt raus?

Na, mach schon, paar Schritte, es sind nur paar Schritte, und schon stehst du vor einem Haus. Ein Berliner Mietshaus, so groß und so schön, aber reingehen will ich nicht, das gehört nicht zum Thema – diese Fahrt jetzt, na gut,

und die Gegend – okay, aber rein durch die Haustür, das wollte ich nicht, und die fass ich nicht an. Doch da öffnet sie sich.
Ganz von selbst?

Sie wird geöffnet, ein Kind kommt heraus, ein Mädchen in einem Wollmantel, rot und bunt, bunt kariert, auf den Schultern ein Ranzen – ja, ist denn schon Morgen?
In der Hand hält das Kind einen Stoffbeutel, na, Gottseidank, an die Turnsachen ist gedacht, die muss ich dir nicht hinterherbringen – meine Liebe, meine Kleine, so süß mit den Zöpfchen, und Pony dazu, sie sieht mich nicht, sieht mich nicht, dreht mir den Rücken zu, läuft die Straße lang, in dem Mäntelchen, kurz, immer geradeaus, so ernst und so grade entfernt sich die kleine Figur – oh, das tut mir jetzt weh und das geht keinen was an!
Diese Haustür bleibt zu!

Hier geht es nur um die Hamburger Straße, die Große Hamburger Straße, um die alten Tagebuchseiten, das ist meine Arbeit, da sind wir jetzt wieder, und es ist ein Morgen.

Wenn es hell wird, dann klappen hier Türen im Haus. Zuerst diese Türe von Mannes Büro. Wer rauskommt, ist Eva. Na – die kann ja schnarchen!
Oh, das ist ihr jetzt unangenehm. Und weg ist sie.

Es kommt der Bursche von gestern, der hier im Unterhemd lief, sein Hundchen dazu, und der Tischler kommt auch übern Damm, die Dame von oben geht Brötchen holen beim Bäcker schräg gegenüber, und der Gemüsehändler stellt alte Bananenkisten hochkant auf die Straße, weil da Platz bleiben soll für den Lieferwagen am Donnerstag, der bringt Kartoffeln in Säcken.
Der schwule Krankenpfleger von Hedwig sieht kurz mal rein, will nur wissen, ob sein Freund heut schon hier war, grüßt den Pfarrer von der Sophiengemeinde, der auf dem anderen Trottoir grad um die Ecke biegt, natürlich, man kennt sich, auch wenn der Krankenpfleger katholisch ist, stockkatholisch nennt er sich jedes Mal, dabei sieht er aus wie zehn Juden auf einmal, aber es äußert sich niemand dazu, und ich mit dem Buch in der Tasche, da stehe ich nun. Ein Buch mit dem Haus Nummer eins.

Das Haus Nummer eins steht im Regen, im Schnee,
ein Eckhaus, ein Dreckhaus, wer kommt aus der Tür?
Ist einer noch drinnen, ist einer noch hier?
Nichts.
Es gibt hier kein Haus Nummer eins. Und auch wenn man auf einer anderen Ecke der Großen Hamburger Straße mit der Nummerierung begonnen hätte, und da hätte jedes Eckhaus diese Zahl tragen können, diese Eins

als Hausnummer, denn einmal waren sie alle bebaut, doch wenn ich hier stehe an diesem Morgen, dann ist das egal, denn alle vier Ecken sind leer.

Vorher und nachher, da sind sie bebaut, ich weiß es, doch in unserer Lebenszeit waren sie leer.

Na und? Da leben wir mit.

Grade sehe ich in meinen Tagebuchseiten da vorne auf der Straßenseite von unserm Café den Heini stehen!
Er steht vor dem Haus Nummer 4 und kramt in der Hosentasche, kramt ziemlich lange, sodass ich ihn einhole und sehen kann, dass er einen Schlüssel aus der Hosentasche gezogen hat, und den steckt er in das Türschloss des Ladengeschäftes Große Hamburger Straße 4.
E. Czipull, Seifen.

Das fällt mir sofort dazu ein, nur ich weiß das, ich – und der Heini weiß gar nichts davon, aber der schließt da einfach die Tür auf! Darauf bin ich nicht vorbereitet.
Zusammen betreten wir den dunklen Ladenraum von Herrn oder Frau Czipull, dessen Rollladen vor dem Schaufenster immer noch genauso heruntergelassen ist, wie all die vergangenen Jahre schon, stehen dann zwischen leeren Regalen und Pappkartons auf einem Terrazzoboden herum, und Heini fischt mit einer Hand aus reiner Neugier in einem Karton, zieht einen Lappen heraus, ein dünnes Wischtuch.
Begeistert, als ob er den ersten Steinpilz gefunden hätte, im Mai, ruft er: »Siehste! Die sind mal Mangelware gewesen, hat der gehortet, det Luder!«
Mit Luder war der vorige Besitzer gemeint. Aber war Heini sicher, dass E. Czipull ein Mann war? Wenn er das genau wüsste, würde ich es mir eintragen auf meine Karteikarten.
Etwas in der Art muss ich gesagt haben, denn Heini lacht laut und ruft: »Eintragen? Hilfe! Du kannst bei uns anfangen!«

»Ich?! Lappen verkaufen und Seife sortieren?« Ja, wollten die gar nicht mehr in den Westen?
»Habt ihr den Ausreiseantrag zurückgezogen?«
Heini ruft fröhlich, an dem Antrag hätte sich »nüscht, aber ooch janüscht jeändert, aber bis dahin – warum denn nun nich?«
Und ich solle wenigstens ein paar Minuten lang hier auf die Sachen aufpassen, bis Maria kommt, seine Frau, er könne sich doch nicht zerteilen, der Heini, er müsse jetzt noch woanders hin!
In Czipulls Laden allein bleiben? Hier, wo seit fünfzig Jahren Nivea-Creme und das beste Persil aller Zeiten über den Ladentisch gingen und unter dem Ladentisch später die Kernseife, die Kohlenanzünder, das Odorodo oder eben die Abwaschlappen?!
»Nein, ich bin verabredet.«

Das ist die Wahrheit, denn arbeiten muss ich, verabredet bin ich, es ist meine Arbeit, und selbst wenn ich heraustrete aus Czipulls seit vielen Jahren nicht mehr gelüftetem Ladengeschäft, auf die stille Hamburger Straße hinaus im Frühling, in die laue Luft, da kann ich keinen Augenblick nachlassen, stehen bleiben, einfach mal durchatmen – weil ich arbeiten muss.

Und nun folgen, blättern wir weiter in den Papieren, Berichte von endlosem Treppensteigen und Klingeln an Türen, von Fragen nach allem, was früher hier war, und Antworten auch, so zum Beispiel beim letzten Vertreter vom Fuhrbetrieb Zotzmann in der Sophienstraße. Die Firma war stadtbekannt und der Mann ist auch stolz darauf. Er zeigt mir die vielen Garagen auf seinem Hof und erzählt, dass hier früher Kutschen standen und Pferde, und sein Vater hatte dann die Idee mit den Autodroschken und Lastwagen auch, Fuhrbetrieb eben, modern, da kam Geld rein, das kann ich ihm glauben.
Das sei auch der Grund gewesen, warum die Zotzmann-Töchter hier so berühmt waren in der Gegend, denn wenn die zu einem der großen Berliner Bälle gingen, trugen sie nur Modellkleider, und die Leute haben am Straßenrand schon gewartet, um sie zu sehen – weil sie so schick waren, so elegant!
Die Gegend sei nicht so arm gewesen wie heute, das soll ich auch noch notieren.
Wenn ich nach den Juden frage, dann erzählt er davon, dass es die reicheren waren, die rechtzeitig gegangen seien, und Leute, die jung und alleine waren, aber die anderen?
»Unsere Leute hier haben wir nicht fallen lassen«, das sagt er auch noch.
Und schon bin ich zu Besuch in einem Nachbarhaus, es sollen herrliche Wohnungen drin sein, denn einmal gehörte das Haus der Firma Erdal, Schuhcreme. Hier weiß das noch jeder.
Tatsächlich wird mir geöffnet, eine ältere Dame im geblümten Schlafrock, Seide, lädt mich ein, näherzutreten.

»Ja, kommen Sie erst einmal rein!«
Gerne, so scheint es, führt sie mich durch ihre drei großen Zimmer. In der Mitte des mittleren Zimmers ein Flügel, denn sie ist auch Klavierlehrerin.
Ihr Ehemann ein Musikwissenschaftler, schon gestorben, und wie im Fluge bringt sie ein Büchlein herbei, das hat er geschrieben, *Königsbergs Musikkultur im 18. Jahrhundert,* ein wunderbarer Mensch sei er gewesen, der sie immer geschont hat. Wenn es ging!
Er sei dann so von der Seite leise an sie herangetreten und habe ins Ohr ihr geflüstert: »Lehnen Sie ab!«
»Er hat mich dann immer mit Sie angeredet, ist das nicht süß? Lehnen Sie ab!«
Dabei hat sie auch Schweres erlebt. Drei Jahre lang habe sie ihm Essen und Kleidung ins Gefängnis nach Spandau gebracht. Das sei nach 1939 gewesen, da habe er irgendwo einmal geäußert, der Hitler sei ein Kaffeehausliterat, und wurde angezeigt.
Sie führt mich an alten Möbeln vorbei – Biedermeiersessel, Jugendstilvasen, Ölgemälde, geschliffene Spiegel, das würden alles einmal ihre Schüler bekommen. Die Schiebetüren sind riesig.
Ja, oben die Leute hätten aus einem Zimmer drei gemacht, »... aber in so großen Räumen klingt ein Flügel doch viel schöner, nicht wahr?«
Wenn es läutet, dann ist es der Fensterputzer, der wird ihr den Kronleuchter auch wieder anhängen, der noch auf dem Fußboden steht.
Ein Kronleuchter noch vom Schweriner Schloss soll das sein, die Kugel allein wiege schon zehn Kilo, sie hat sie

ausgewogen vorhin, nachdem sie sie abgewaschen hatte, lobt den jungen Mann, der so lange schon kommt, vom Stadtrand sogar, nur zu ihr, so wie sie alle ringsrum auch ihr helfen.
»Mir schicken die Engel!«
Und ich soll mein Buch ihr vorbeibringen, wenn ich mal fertig bin.

Weiter geht es mit der Blumenladenbesitzerin im Haus Große Hamburger Straße Nummer 35. Die erzählt davon, was für Blumen es früher gegeben hat – Blumen!
Ja, das könne ich mir gar nicht vorstellen, heute.
Wie ja auch früher viel mehr Kränze in Auftrag gegeben wurden, Blumengestecke!
Zum Beispiel zum Muttertag die Mimosensträuße aus Italien bereits, die es jetzt hier im Osten natürlich nicht gibt, schon lange nicht mehr gibt, und an Hitlers Geburtstag nahm man schwarze Stiefmütterchen für die Hakenkreuze, die wurden auf den weißen Grund von Steinkrautblüten gesteckt, es war ja April, Geschäftsleute legten das in ihre Schaufenster.
Ich bitte sie, Namen zu nennen von den Blumen, die ich nicht kennen könnte. Islandmoos, Papageientulpen – solche Wörter stehen dann auf meinen alten Tagebuchseiten. Ich schrieb sie auf, um sie nie zu vergessen.
Ja, ich erinnere mich beim Lesen der alten Tagebuchseiten wieder an die bezaubernden Blumennamen, an die Steinkrautblüten und Stiefmütterchen, beinah schwarz, aber meine Gedanken, sie kreisen dabei um das Haus Nummer eins.

Und zwar ist es im Grunde gar nicht verständlich, warum das Haus Nummer eins von der Großen Hamburger Straße einmal an der Ecke zur Auguststraße gestanden hat und nicht an einer der Ecken zur Oranienburger Straße.

Daran denke ich, während ich lese, dass ich mit der alten Frau darüber scherze, dass es im Osten als Schnittblumen ewig nur Chrysanthemen zu kaufen gibt, das ganze Jahr Chrysanthemen, und Tulpen nur immer zum Frauentag. Dann aber raus, ganz schnell raus und die Treppen runter und rein ins Café. Dort sind Heini und seine Frau natürlich das Thema am Stammtisch.
Was wollten die mit der Drogerie?
Und brauchte man neuerdings keinen Gewerbeschein?
Niemand wusste es, denn der Heini fehlte. Stattdessen war Eva nun wieder erschienen, als Serviererin diesmal, frisch geduscht und die Haare gewaschen, in weißen Sandalen mit Absatz natürlich und ein blütenweißes Nicki dazu, das ist aus dem Westen.
Eva ist auch schon dreißig, das weiß hier jeder, und dass sie es war, die in Mannes Büro geschlafen hat letzte Nacht, das erzählt sie jetzt selber. Sie hat auf den Tischler gewartet. Er kam nicht, und wozu er ihr dann seinen Schlüssel gibt, wenn er doch nicht kommt, frech ist das.
Eva sieht Manne nicht an und sie macht früher Schluss heute, das ist mit der Chefin vereinbart. Ich will auch nicht mehr lange bleiben. Nur eins noch – warum wurde diese Straße denn von unten nach oben nummeriert? Was denkt ihr?
Von innen nach außen, so fängt man an!

»Von der Stadtmitte aus hätte man zählen müssen, von dort, wo auf der rechten Ecke vom Café aus gesehen mal Keilichs Spielwarengeschäft stand – weiß hier überhaupt noch einer davon? Größtes Spielwarenhaus der Welt, neunzehn Schaufenster, drei Etagen, und für jede Art Spielzeug ein eigenes Zimmer!«
Keine Antwort.
»Eine ganze Etage nur für die Zinnfiguren!«
»Aber für die Puppen doch ooch!«
Das hat jetzt Renate gerufen, die Wirtin, vom Tresen aus ruft sie das, hat also zugehört, und das weiß sie auch noch: »Hoflieferant! Keilich war Hoflieferant.«

Ja, da nickt Manne jetzt, so viel weiß er auch noch, das haben ihm die alten Frauen erzählt, die sich an den Schaufensterscheiben von Keilichs Spielwarengeschäft die Neesen plattgedrückt haben als Kinder, aber weiter auch nichts, und ich will nun gehen.
Aber Moment, eine Frage, die hätte ich noch: Die Kammer.
»Hat es mal eine Kammer gegeben, unter der Treppe?«
»War der Backraum vom Café nebenan.«
Sind jetzt die Duschräume für seine Leute. Hat er kürzlich einbauen lassen.
Und vorher?
Es fällt das Wort Pfefferkuchen. Als das Café noch Café Hellwig war, soll es Pfefferkuchen gebacken haben. Aber es ist ja schon lange nicht mehr Café Hellwig.
Was war es danach?
Café.

Hier lachen sie, wenn man mehr wissen will, aber sie wissen es auch nicht. Auf jeden Fall hat sich in der Nummer 17 für jeden was finden lassen, wenn er nur suchte – ein Loch, eine Grube, ein Kellerverschlag, und so hat wohl auch eine Zeit lang der Herr Hellwig aus dem Café im Nebenhaus irgendwann seine Fläche erweitert um einen Raum, und nicht er alleine.
»Det Sandmännchen«, ruft Manne.
»Kann sich einer noch an det Sandmännchen erinnern?«
Ja, von einem Sandmännchen hat Manne die Werkstatt gekauft, eine Stanzerei mit Filzschuhfabrikation!
»Und alle die alten Stanzen hab ich auch noch ihm abkaufen müssen! Dinger sind das gewesen! Museumsstücke! Die beiden Karrenbalkenstanzen vor allem, so was arbeitet nur mit dem eignen Gewicht! Und alle hatten den Antrieb über einen Flachriemen, der lief unter der Werkstattdecke entlang! Ein einziger Motor hat sämtliche Stanzen betrieben!«
Der Trinker soll sich in der Karrenbalkenstanze einmal einen Finger gequetscht haben, vollkommen breit gequetscht! Und wie das aussah! Den wollten die Ärzte im Krankenhaus Hedwig gleich amputieren! Da sind sie weitergezogen zur Charité! Die haben geholfen, der Finger blieb dran.
Manne hat heute andre Maschinen, aber früher, da ging's hier um Filzschuhe, Einlegesohlen!

»Die Kammer«, sagt Manne, »das ist einfach so: Es ist lange her.«

Mein Gott, der Regen! Ist er nicht zu allen Zeiten gleich im Laternenlicht?

Die nassen Steine im Gehweg. Jeder Pflasterstein glänzt, und auf den alten Granitplatten wellt sich das Licht, weil sie uneben sind.
Die ganze Straße aber, so glänzend dahingestreckt, kann man bei Regen besonders gut überschauen, von Anfang bis Ende, die kurze Straße, es gibt hier ein Ende, warum beschäftigt mich das, alles nass, und von der Ecke Auguststraße, von dem Lagerplatz Rohre, kommt jemand gelaufen, ein Mann. Dieser Mann ist allein und er trägt einen Hut. Eine Figur im Laternenlicht.

Ja, beim Lesen der alten Gemütlichkeit dort am Stammtisch, und in der Erinnerung an die leere Hamburger Straße des Nachts, da kommt er gelaufen, der Mann mit dem Hut, da nähert er sich, so zuverlässig mit ruhigen Schritten wie ein Vater, so wie ein Vater, der versprochen hatte zu kommen, zu warten, zu helfen sogar.
Will er ins Café?
Ich komme von dort.
Wir haben gerade noch über Keilich gesprochen und über Heini und dem seine Frau und dass die beiden auf einmal den Laden vom Haus Nummer 4 führen dürfen.
Ich erzählte am Stammtisch, dass es ein E. Czipull war, der einmal den Laden besaß, und fragte, ob jemand weiß, was das E. bedeutet – Erich oder Elfriede zum Beispiel, Mann oder Frau, und nach der Kammer hab ich gefragt, und dann sind wir alle gegangen, jeder in seine Richtung.

Ich laufe zur Oranienburger Straße und quer über die leere Ecke, wo von Keilichs Spielwarengeschäft sich vermutlich immer noch unter dem Schotter die Keller des Hauses befinden.

Ich habe einmal eine Frau getroffen, die in Keilichs Spielwarengeschäft als Lehrmädchen anfangen durfte, vierzehn Jahre alt, und die schickten sie in den Keller, dort wurde sie eingeschlossen.
Unten, da musste sie Ware zählen, von morgens um acht bis abends um sechs, allein, ganz allein, aber welche Ware – ich weiß es nicht mehr, sind es Zinnfiguren gewesen?
Ich weiß nur, sie sagte, sie hätte von morgens bis abends geweint in dem Keller dort unten, im flackernden Gaslicht, und Mäuse huschten die Gänge entlang, und immer wenn oben das schwere Postauto hielt, dann wackelten unten die Wände, und sie ganz alleine und monatelang. Nur geweint.

Immer muss ich daran denken, wenn ich über die leere Ecke laufe, als ob ich ihr über den Kopf laufe, dem weinenden Mädchen – schnell, ganz schnell jetzt zur Straßenbahn.

Die gelbe Raupe mit dem kleinen Gesicht einer Dienerin – da kommt sie herangeschoben.
Leuchtend und quietschend in ihren Schienen, hält auch brav in der Nacht, vor dem Durchgang unter dem S-Bahnhof mit dem Namen Marx-Engels-Platz.
Die Türen öffnen sich nicht von alleine, nein – an einem Griff schiebt man sie auf, man schiebt sie auf, steigt dann hoch und sie wartet solange.
Eine Fahrt kostet zwanzig Pfennige, das ist wenig, das weiß hier auch jeder, aber nicht jeder bezahlt. Es gibt ja so wenig Kontrolle. Wir fahren.
Wir ruckeln und quietschen um Ecken herum, die Kurven entlang der so alten Straßen und den Weinberg hoch. Ob hier wirklich mal Wein wuchs?
Es wird so erzählt. Berlin trank Wein, bevor Bier in Mode kam. Aber wann soll das denn gewesen sein?
Im Café am Weinberg brennt immer noch Licht, doch bald sind die Straßen schmal und ihre Häuserwände scheinen sich über uns beinah zu schließen in der Dunkelheit, abgeschrammt, bröcklig und alt.
Ja, es ist Nacht in der Straßenbahn, wir fahren und halten auch ab und zu, und jedes Mal klingelt die Glocke beim Anfahren. Jedes Mal klingelt sie.
Es ist die Bahn mit der Nummer 49, darin wackeln wir hier drinnen alle zusammen an den Bahnhöfen lang – Bahnhof Dimitroffstraße, Bahnhof Schönhauser Allee und Bahnhof Vinetastraße, und weiter am S-Bahnhof Pankow vorbei, und jetzt bin ich da. Aussteigen.
Es ist lange her, dass du hier warst und doch auch nicht schlimm.

Paar Schritte, es sind nur paar Schritte, und schon stehst du vor einem Haus.
Ein Berliner Mietshaus, so groß und so schön, und diesmal gehen wir auch rein, aber klar!

So ein hohes und breites Treppenhaus, das bin ich nicht mehr gewöhnt, wenn ich ehrlich bin, das hab ich vergessen, und die Stufen auch. Wie steil sie sind und so braun und aus Holz, und ich steige und steige und steige, wann bin ich denn da?
Hallo – da kommt mir ja jemand entgegen!
Die Töchter, die große, die kleine, ja, beide, und lachen, das passt ja, sie backen grad Eierkuchen, ob ich auch einen will, oder zwei?
»Na, dann zwei!«

Und gleich geht es los, dass sie alles erzählen, und was aber auch – meine Güte!
Ich ziehe mir erst mal die Jacke aus, und die Wurst lege ich auch auf den Tisch, die ich mitgebracht habe, es sind zweihundert Gramm frischer Bierschinken aus der Oranienburger Straße 4, also ehemals Koschwitz, denn dort ist immer noch Wurst zu holen, und gar keine schlechte, aber das interessiert hier nicht.
Der Bierschinken interessiert hier nicht, weil: Die Kleine hat grade gelesen: *Gavroche*, von Victor Hugo.
Und das findet sie so dermaßen schau, dieses Buch, sie hat es in diesem Augenblick gerade zu Ende gelesen: »*... und er pflanzte die Fahne, die rote auf die Barrikade und rief: Es lebe die Revolution!*« Aber was sie blöd findet,

ist, wenn die Soldaten ihn erschießen. »Und da steht: *Sie nahmen sein blutgetränktes Jackett als Fahne* – na, wer trägt die denn wieder hoch?«
Und blöd findet sie, dass er seine Brüder nicht kennt und seine Familie nicht findet und der Herr Thenadier nicht weiß, dass das sein Sohn ist! Und gut, wie er singt: *Ich fiel einmal vom Dach parterre, schuld daran ist nur Voltaire, da fiel ich in ein Bündel Stroh, und schuld daran ist nur...* und als er Rousseau singen wollte, traf ihn die Kugel!«
Und blöd findet sie einen, der erschießt einen, der ihn so gebettelt hat:
»*Erschieß mich nicht, erschieß mich nicht*!, und sagt dann: *Was ich getan habe, war entsetzlich, aber es musste sein für die gerechte Sache.* Warum hat er es denn getan, wenn er es selber weiß? Und noch ein anderer schießt auf einen jungen Mann und da sagt wieder ein anderer: *Wer weiß, er hat ein Mädchen, er hat Eltern, er will vielleicht nicht gegen uns kämpfen, er könnte dein Bruder sein...*, und der andere sagt: Er ist mein Bruder, und tut es doch!«
Und was sie gar nicht versteht, von allen Büchern, die sie in der Schule lesen müssen, ist *Käuzchenkuhle*, und am blödesten findet sie *Feuertaufe* von diesem Gajdar.
»So langweilig und immer nur vom Schießen und so was müssen wir lesen. Möchte wissen, wer den Lehrplan gemacht hat – Hitler, wa?«
Die Große hatte nur eine Arbeit zu schreiben über Tizian, das war leicht, und sie hat auch noch drunter geschrieben: Stramme Waden! Direkt zum Reinbeißen!, und außerdem hat sie auch Pudding gekocht und bringt

jedem ein Weinglas voll Pudding mit draufgestreuten Nüssen.

Ja, so ist das gewesen, jetzt weiß ich es wieder, so war das. Komisch. Alles vergessen.

Am Morgen, ich sitze an unserem Küchentisch mit den Töchtern – die Krümel, die Kaffeetassen, die Milch – soll ich sie dir nun warm machen oder nicht?
Es ist alles so einfach, so schön. Nur sie schimpfen andauernd über die Lehrer, die Klassenarbeiten, und ich schimpfe mit. Wir schimpfen ja alle im Morgenlicht, Sonne, und das geht so weiter, was haben die denn nun so falsch gemacht, die Schule, die Lehrer, ich weiß es nicht mehr.
Es sind unsre ruhigen Frühstückszeiten und volle Tische und gute Zensuren, dann klingeln die Freunde zum Schulweg, und dann gehe ich auch.
Dieser Schritt auf die Straße, ins Licht: O Himmel! Strahlender Azur!
Schön war das.

Gehört das hierher?
Es gehört zu meinem Weg in die Große Hamburger Straße am Morgen, zu der Straßenbahnfahrt und den Maurern, die vor mir die Straße langlaufen, so langsam, und die das Erste waren, was ich gesehen habe, als ich in meinen alten Papieren las.
Es gehört zu der Stimmung, die eigentlich still ist in dieser Stadtmitte, eine Stille mit Baugeräuschen. Ein Kling, ein Klang, ein Hammerschlag.
Kling! Klang!

Wie Pappelsamen im Frühling schweben die Klänge überall in der Luft.
Männer rufen sich etwas zu, Ziegelsteine werden aufs Pflaster geschüttet, man hört es von ferne. Arbeit.

Überall wird gearbeitet.
Ruhig.
Und das ist alles sehr lange her, und jetzt brauche ich die Mappe mit den Adressbuchauszügen.

Eine Klemmmappe aus dem Osten ist das, mit dicken Pappdeckeln, blau, und es steht darauf von meiner eigenen Hand geschrieben »Roman«. Das war ganz am Anfang von meiner Tätigkeit in der Großen Hamburger Straße, da ließ ich mir im Stadtarchiv aus jedem Jahrgang der Berliner Adressbücher die Einträge unter dem Stichwort »Große Hamburger Straße« fotografieren, mit allen Häusern und allen Bewohnern.
Es ist ein dicker Band geworden – na klar, ein Roman! – mit so vielen Namen und Hausnummern und die einen, die wiederholen sich Jahr für Jahr, und die andern verschwinden für immer, oder anders gesagt: Ich vermag dieses Buch nicht zu lesen. Noch immer nicht.
Aber jetzt fang ich wieder an. Und zuerst suche ich die alte Frau aus dem Haus Nummer 17, die Frau mit dem weißen Kragen.

Ich finde sie in dem Adressbuch von 1924. Also wird sie im Jahr 1923 geheiratet haben, in den Zwanzigerjahren geheiratet, jung und schick eingezogen in die Nummer 17, und wer im Jahr 1923 eingezogen ist, der steht im Adressbuch von 1924 dann bereits drin, und in diesem Jahr – so sehe ich – gab es im Hause noch gar keine Tischlerei. Und etwas mit Filzschuhen?
Ich blättere zurück und zurück – bis zum Jahr 1904 kann ich zurückblättern, denn da ist für das Haus Nummer 17 zum ersten Mal etwas mit Filzschuhen verzeichnet: *Geisz & Co. Filzschuhfabrikation*.
Dann wieder nach vorne blättern, in unsere Zeit, da läuft dieser Eintrag bis zum Jahr 1923.

Vom Jahr 1923 an ist stattdessen im Adressbuch zu lesen: *Gebrüder Katzenstein.* Schuhmacherbedarfsartikel, und deren Eintrag endet im Jahr 1931. Ab 1932 lebt ein Maßschneider hier im Hause, der heißt Schneeweiß.
Das war der Name, bei dem die schlanke Greisin gezögert hatte, einen Moment gezögert, bevor sie das Blatt mir zurückgab. Dessen Werkstatt habe sich dort befunden, wo heute der Tischler sei. Und ich hatte nicht weiter gefragt.
Hat dieser Schneeweiß hier im Haus auch gewohnt oder nur eine Werkstatt gemietet?
War das in Mannes Büro oder in der Kammer dahinter?
Das Café taucht unter dem Eintrag E. Hellwig, Konditorei, von 1917 an im Haus Nummer 15/16 auf, und das heißt, die Eröffnung muss im Jahr 1916 gewesen sein. Von 1932 an aber ist E. Hellwig, Konditorei, nur noch unter der Hausnummer 17 zu finden.
Na, das ist ja seltsam.
Denn das Café befindet sich natürlich immerzu und auch jetzt, wo ich hier in der Klemmmappe mit den fotografierten Adressbuchseiten blättere, im Haus Nummer 15/16. Das ist so geblieben seit hundert Jahren. Vielleicht hat aber Hellwig im Jahr 1931 noch etwas dazu gemietet? Diese Backstube eben?
Oder wohnt er selbst in der 17? Oder wohnte dort seine Nachfolgerin?
Von der war noch gar nicht die Rede, von der Wirtin unseres Cafés damals. Diese Wirtin, die hier auch geschlafen hat, so wird's in der Straße erzählt. Auf ihrem Sofa nachts auch geschlafen.

Einem Sofa, das in der Kammer stand? Oder dem Sofa in Mannes Büro?
Auf einem Sofa auf jeden Fall, und das heißt wohl, sie hat keine Wohnung gehabt.

Und das Haus Nummer eins?

Es ist nichts dran an dem Haus Nummer eins. Entsprechend den alten Adressbuchseiten war das Haus Nummer eins zuerst ein niedriges Dorfhaus, wie sie alle waren, und gehörte einem Capitain a. D. von Wulffen, dann der Witwe Wulffen, dann einem Posamentier Eschke, dann dem Maler Eschke – vermutlich der Sohn, denn eine Witwe Eschke wohnt auch noch darin –, dann einer Familie Roth, dann den Erben Roth, dann einem Kaufmann Seelig, dann der Witwe Seelig, dann wird abgerissen und hoch gebaut, ein Seelig ist weiterhin Eigentümer, es folgen die Seelig'schen Erben, dann ein Doktor Rosenthal, dann ein Herr Jännemann, danach verliert sich die Spur im Dunkeln, es ist weg. Zerbombt?
Im Grunde weiß ich das nicht genau. Ich weiß nur, dass ich danach nicht gefragt habe, weil es mir damals, am Anfang der Achtzigerjahre, immer noch selbstverständlich war, dass jede Lücke in einer Berliner Häuserzeile eine Bombenlücke gewesen sein muss.

Auf jeden Fall hat es auf dem Grundstück Nummer eins zweimal ein Haus gegeben.
Das erste Haus Große Hamburger Straße Nummer eins wird niedrig gewesen sein, mit einem spitzen Dach, und hat an der Ecke zur Armesündergasse gestanden und später dann an der Ecke zur Hospitalstraße, weil die Straße umbenannt wurde, und dieses erste Haus Nummer eins wurde abgerissen und ein zweites Haus Nummer eins auf dieselbe Stelle gebaut, diesmal als hohes Eckhaus, aber da hieß die Hospitalstraße schon wieder anders, und zwar hieß sie nun Auguststraße.
Das neue Haus hat seinen Hof bebaut mit einem riesigen Hinterhaus. Dieses neue Haus Nummer eins besaß eine Kneipe parterre, die hieß zeitweise Bienenkorb und hatte Ausgänge zu beiden Straßen. Man konnte also von der Großen Hamburger Straße schnell mal reinhuschen in den Bienenkorb und dann abdampfen in die Auguststraße, ahoi!
Was weiß ich noch über das letzte Haus Nummer eins?
Posamenten hat es darin gegeben, ein Konfitürengeschäft, eine Papierwarenhandlung, einen Gemüsekeller. Das liegt nun alles unter der Erde.

Und leer muss es werden, sonst geht es nicht weiter.

Bisher fand ich das eigentlich gar nicht so schlecht. Es hatte mir Arbeit erspart, Treppen hoch, Treppen runter und nun?

Nun ist es nur einfach die leere Eins. Aber das geht nicht. Denn die Eins ist der Anfang von einer Sache, und im Anfang steckt alles schon drin, das behauptet die Mystik. Darum ist der gute Anfang so wichtig.
Die ganze Geschichte, die folgen wird, soll enthalten sein in dem ersten Moment. Wenn man ihn lesen könnte. Verstehen.

Wie es leer geworden ist, dieses Haus Nummer eins? Muss man das wissen, um neu aufzubauen?
Immerhin ist der Platz voller Rohre. Ein Lagerplatz Rohre.
Sollte unsere Geschichte mit Rohren beginnen? Soll ich aus Rohren mir eine Erklärung bauen für unsere Zeit? Eine Logik und eine Entwicklung auch?
Unsinn. Man muss das nicht ernst nehmen, gar nicht. Es sind eben Rohre, nur das.
Ein Zaun führt ordentlich um das Grundstück herum. Um das Haus Nummer eins, seinen Boden.
Ein Zaun.
Wie früher, ganz früher einmal, da hat es hier Zäune gegeben in der Großen Hamburger Straße. Auf alten Stadtplänen kann man es sehen.
Ich besitze ja auch einen Straßenplan vom Jahr 1800: Damals waren einige Grundstücke auf der Seite von unserem Café noch ungewöhnlich breit – die Grundstücke der Hausnummern 12 und 13 zum Beispiel. Es war auch viel Platz um die Hausnummer 14 herum, und die Grundstücke 17 und 16 waren ebenfalls riesengroß im Jahr 1800.

Diese großen Grundstücksflächen von der rechten Seite der Großen Hamburger Straße, blickt man in Richtung der Innenstadt, sie enden alle an den Rückseiten der Grundstücke von der Oranienburger Straße. Deren Flächen sind noch viel größer als die von den Häusern der Nummern 12 oder 13 und 14 in der Großen Hamburger Straße. Auf dem alten Stadtplan ist jedes Mal *Garten* darübergeschrieben: *Garten.*
Es ist eben Stadtrand gewesen, im Jahr 1800, und alle die Gastwirte, Viehmäster, Destillateure brauchten Platz für die Tiere, die Jauchegruben, Gemüsebeete, die Stapel von Brennholz und für den Zaun drumherum.
Lange Zäune, feste Zäune aus Latten und Kanthölzern höchstwahrscheinlich, bis eben immer noch ein Haus dazwischengesetzt wurde und auf der Straßenseite nirgendwo mehr ein Stück Zaun noch zu sehen war.
Der Zaun um das Grundstück vom Haus Große Hamburger Straße Nummer eins, diesem Lagerplatz Rohre, wird seit über hundert Jahren der erste sein, hier in der Großen Hamburger Straße.
In unserer Zeit ist er aus Drahtgeflecht, Eisenstangen, und er bleibt lange so stehen, denn Boden ist nicht mehr viel wert.
Kostenlos eigentlich, aber man kann ihn nicht kaufen.
Ist Volkseigentum.

Hier ist es.

Steh ich davor, dann kann es passieren, dass sich an der Seitenwand vom ersten Haus der Auguststraße, und das ist die Längsseite des Hinterhauses, ganz oben ein Fenster öffnet.
Dort unterm Dach in der vierten Etage wohnt Eva, die junge Serviererin.
Auch ihr Haus befindet sich in der Auguststraße gegenüber dem Sportplatz, aber den Sportplatz kann sie nicht sehen aus ihrem Seitenflügel.
Eva, in ihrer vierten Etage, hat den Blick frei zur Seite, also nach Osten – zum Gipsdreieck und zur Weinmeisterstraße und auch zur Schönhauser Allee. Blickt sie nach unten, dann liegt das Grundstück vom Haus Nummer eins wie ein Vorgarten ihr zu Füßen. Hallo Eva!

»Eva, was sagst du dazu?«
Versteht nicht, die Eva.
»Es ist dein Zuhause, da oben, das stimmt doch, oder?«
Sie grinst, sie weiß nicht, worauf ich hinauswill.
»Ich bin hier geboren, Irina!«
Da oben, im Hinterhaus, vierte Etage, direkt noch geboren, na also: Zuhause!

Zuhause – von diesem Wort gibt es keine Mehrzahl. Das wird mir erst heute klar, heute, vor diesem Haufen vergilbten Papiers.
Also heißt das, es gibt davon immer nur eins.
»Das Haus Nummer eins! Verstehst du? Da oben, das ist dein Haus Nummer eins, und direkt unter dir liegt das Haus Nummer eins von der Großen Hamburger Straße –

also da bist du auch gewesen, jedenfalls warst du am nächsten dran von uns allen, da hättest du bleiben müssen!«
»So ein Blödsinn aber ooch, kannst dich mit Manne zusammentun, ihr könnt eure Hausnummern beede sortieren, ha! Hahaha!«
Fenster zu.
Verarschen kann ich mich alleene, sagt der Berliner damals ja noch. Oder passt ihr das nicht, dass ich neuerdings auch mit am Stammtisch sitze?
Irgendwas ist da falsch gelaufen, aber es bleibt dabei: Das erste Haus zeigt uns die Richtung. Und hier ist nichts, es fehlt, das erste Haus fehlt!
Eva war da, immerhin.
Auf dieser Ecke war Eva. Aber sie wollte nicht bleiben.

Sie hat damit angefangen.

Wenn wir uns winken und rufen dazu, dann kennen wir uns schon eine ganze Weile. Dann sind wir bereits in der Mitte der Achtzigerjahre, und in dieser Zeit ist es so, dass ich durchaus ein Zeichen machen kann, mal hochzukommen – »Ja, prima, komm hoch!«–, und dann ächze ich – damals ächze ich wirklich auf den steilen Treppen.
Solche Hinterhaustreppen sind umso steiler, je älter das Haus ist. Es steht da auf manchem Treppenabsatz ein gepolsterter Stuhl, und ein vergessenes Alpenveilchen im Topf ziert auch manches Fensterbrett eines hohen, so hohen – warum sind die denn immer so hoch? – Treppenhausfensters, und an all diesen Blumentöpfen und Treppenhausfenstern muss ich vorbei, bis ich oben bin – meine Güte!
Vierte Etage, oder ist das die fünfte?
Eva kichert dann jedes Mal, freut sich. Sollen sich andere auch mal so quälen wie sie jeden Tag, aber dann brüht sie frischen Kaffee. Denn es sagt der Berliner ja damals auch noch: Ne Tasse Kaffee kannste bei mir immer kriegen.

Zwei Zimmer.
Oder waren es drei? In einer Linie jedenfalls, diese Zimmer, mit Durchgangstüren und Küche dahinter, so sind sie, die Seitenflügel. Hier hat Eva mit ihrer Mutter gewohnt, bis die auszog.

»Bis Mutti auszog.«

Mutti – jedes Mal, wenn Eva von Mutti erzählt, horche ich auf, denn Eva ist Berlinerin in der fünften Generation, und da sieht man: Ebenso wie die Russen ihre Mutter ihr Leben lang ganz ohne jedes Gefühl der Peinlichkeit Mama nennen, wie sie es als Kinder taten, so nennt der Berliner seine Mutter lebenslang ungeniert Mutti.
Das erinnert daran, dass die Slawen ja nach den Germanen hier wohnten, an Panke und Spree, und auch geblieben sind, als die dann zurückkamen.
Also Mutti wohnte hier zusammen mit Eva, es ist nicht lange her, und nun ist sie in den Westen gegangen, weil Rentner das dürfen, wohnt in Reinickendorf und bringt eben, was sie ermöglichen kann mit ihrer Rente. Gerade war Mutti hier zu Besuch, und Eva läuft zum Schrank, wenn ich komme, denn dort liegt etwas Neues für sie aus dem Westen – gebügelt, gefaltet und griffbereit: Ein weißes Trikot.

Was ein strahlendes Weiß, und auf der Brust eine silberne Schrift!

Das Silber, es glänzt in der Sonne, es blendet direkt, denn Eva ist mit mir ans Fenster gegangen, um die ganze Pracht zu entfalten von diesem Stück aus dem Westen. Das hätte sie früher nicht machen können, da stand das Haus Nummer eins dem Hinterhause im Licht. Erst seit Kriegsende scheint hier die Sonne in alle Fenster, und nun: Guck dir das an! Und ich staune wirklich:
So weiß und mit Silber! Wie schön!

Wie geschaffen für Eva natürlich, so blond wie sie ist und so kurvenreich die Figur. Sie nennt dieses neue Oberteil: Shirt!
»Ein T-Shirt!«
»Ein Nicki. Heißt doch Nicki.«
»Nee, so heißt det schon lange nicht mehr. Aber du hast ja auch keins.«
Hab ich doch, aber eben nur diese Nickis von uns, aus dem Osten. Und bei denen ist das Weiß nicht so weiß, will mir scheinen, und Silber, wer redet von Silber?

Ich!
Ich rede von Silber, ich rede von Gold, was hast du denn sonst in der Straße gewollt?
Es sind tausend Schätze im Boden vergraben, und was du findest, das kannst du haben.
Wird keiner dich wegen des Goldes verklagen.

Ja, wenn ich hier so über den alten Papieren sitze, den Stadtplänen und den Adressbuchauszügen, da spreche ich selber mit mir, und das hilft mir weiter, hilft besser als kluge Bücher und solche Experten, die neuerdings auf allen Rundfunkkanälen mir in den Ohren liegen, nein, meine Reime sind lustiger, klüger, und woher sie kommen, na aus dem Bauch. Der Bauch sagt: Schätze.
Dieses Wort verstehe ich. Schätze.
Verstehe, dass Eva dem Silber bald folgen wird und dem Gold sowieso, denn es kann ja sein, das nächste T-Shirt hat Gold auf der Brust, das die Mutti ihr bringt, besser geht es

nicht, Gold! – aber dann muss sie gehen. Dem Golde auch folgen, will sie das?
Will sie. Wir wissen es alle.

»Eva, ich will dich mal etwas fragen. Hat dir irgendwann jemand etwas von dem Haus Nummer eins erzählt? Also von dem, das da unten jetzt fehlt? Erinnere dich!«
Weiß nicht.
Eva weiß nicht.
Aber dann sagt sie doch was: »Hat Juden gehört. Unseres auch. Alle Häuser hier. Alle. Das war's ja: Den Juden hat alles gehört. Hat Mutti gesagt.«
»Es stimmt nicht.« Das sage ich.
Ich weiß es.
Und könnte jetzt aufzählen, welche Häuser Leuten gehörten, die keine Juden gewesen sind, aber da fällt mir das mit dem Gold wieder ein und die Schätze, die Keller, die Gruben, die Gärten dahinter, es sind tausend Schätze im Boden vergraben, nur suchen musst du, nur suchen und graben, und was du findest, das kannst du haben.

Wenn ich aus dem Fenster sehe bei Eva oben, da unten die Keller hat keiner, noch keiner seitdem ausgegraben, seit sie verschüttet sind. Ein Judenhaus? Niemand gräbt es aus? Rohre drauf, schwere Rohre.

Ich muss jetzt auch gehen. Denn zu dieser Zeit, in dieser Mitte von unseren Achtzigerjahren sitze ich täglich im Archiv der Gemeinde Sophien.
Ganze Tage verbringe ich damals im Kirchenarchiv, so rundgesichtig wie ich damals noch bin, und so brav, wie ich lese und schreibe, und darum muss ich jetzt gehen. Weil ich arbeiten muss.

Das Kirchenarchiv befindet sich in einem der hohen Mietshäuser, die der Kirche Sophien gehören, und dort oben liegen die Protokollbücher des Gemeindekirchenrates für mich schon bereit, sie sind alle auf einen Holztisch gestapelt.
Ein großer, ruhiger Raum ist das. Fast täglich komme ich hierher, und das alles, weil mir eine alte Frau eine Broschüre geschenkt hat, eine alte, vergilbte Broschüre, hundert Jahre alt, und da geht es nur um den Hausbau der Kirche.
Wie kam es, dass eine Kirchengemeinde sich so teure Häuser gebaut hat?

Ich lese.

In den Papieren, die vor mir liegen, befinde ich mich ebenfalls an einem Anfang der Achtzigerjahre. Nur eben so ziemlich genau hundert Jahre vor meinen Achtzigerjahren hier im Kirchenarchiv.
Und es ist auch in Wirklichkeit gar kein Archiv, es ist das Kirchenbüro. Es sind auch keine Archivare, die mir da helfen, es sind die Büroangestellten.
Sie lassen mich rein in das große Zimmer und suchen auch alle die alten Protokollbücher für mich aus den Schränken und legen sie auf die großen Holztische.
Sie haben noch anderes zu tun.

Ich lese.

Es geht mir hier nur um die Häuser. Es hatte ja Streit gegeben damals, vor hundert Jahren, Streit um den Neubau der Häuser und Abriss der alten, die vorher hier standen, und die Gründe dafür werde ich in den Büchern finden, in den Protokollbüchern suche ich sie.
Darum weiß ich auch mit Gewissheit, dass hier durchaus nicht alle Häuser Juden gehörten, den Juden der Gegend – im Gegenteil.

Es ist still im Kirchenarchiv.

Still auch in der Großen Hamburger Straße unten, nur manchmal ein Kling!, ein Klang! von der Straße, und das ist ein Hammerschlag. Es wird in der Gegend schon wieder gebaut. Die Gegend um die Große Hamburger Straße ist Rekonstruktionsgebiet. Reko genannt.

In unseren Achtzigerjahren sollen die Häuser nicht abgerissen werden, sondern bewahrt. Deswegen hört man nur Hammerschläge ab und zu. Vorsichtig sollen die Handwerker arbeiten, und so wie früher: Ein Stein und ein Kalk. Und doch soll jede Wohnung auch warmes Wasser bekommen und Heizung natürlich und Badewanne, und das bezahlt alles der Staat.

Er macht alles selber, der Staat, es kostet den Mieter gar nichts. Gar nichts kostet es ihn, außer die Handwerker auszuhalten, sie sind überall und in der Luft ihre Hammerschläge.

Kling! Klang!

So sitze ich da und wende ein Blatt nach dem anderen um, in den Protokollbüchern.

Bücher, ja, Bücher sind das, große Bücher, und auf jeder Seite steht oben mit Feder und Tinte das Datum geschrieben, und unten ganz groß eine Seitenzahl! So echt das alles. Und erst mal die kleine Broschüre!

Herausgegeben vor hundert Jahren, vom Gemeindekirchenrat hier im Hause.

Durch diese Broschüre bin ich hierher geraten, in das Kirchenarchiv, eine vergilbte Broschüre, und auch hier geht es nur um die Häuser, es sind die Häuser mit den Nummern 28, 29, 30 und 31.

Ein fünftes Haus hat es auch noch gegeben, die 30 a.

Mit ihm hat die Sache angefangen.

Dieses Haus Nummer 30 a soll direkt vor dem Eingang zur Kirche gestanden haben, und seine Rückseite soll da-

mals so schäbig gewesen sein, so fleckig der billige Putz, dass der Gemeindekirchenrat den Anblick als eine Zumutung für die Kirchgänger empfand. So fing alles an.
Dieser Streit mit Franz Pretzel.

Ich bin in den Protokollbüchern nun im Jahr 1884 angelangt, da taucht der Name Franz Pretzel auf. Der Mann ist aus Schlesien gekommen. Zuerst hat er seine Adresse in der Rosenthaler Straße, dann kauft er sich in der Großen Hamburger Straße das Haus Nummer 32, direkt neben dem Kirchhof Sophien. In seinen Hof baut er eine Fabrik. Franz Pretzel ist also neu in Berlin, und da kommt er wahrscheinlich aus dem Staunen gar nicht heraus, was hier in Berlin ein Arbeiter ist. So einer hat als junger Bengel womöglich noch gleich um die Ecke am Alexanderplatz auf der Barrikade gestanden und Steine geworfen auf die Soldaten des Königs. Freche Lieder gesungen. Seine Arbeiter, glauben die noch an Gott?
Und wenn nicht, an was glauben die dann?

Kling! Klang!

Ja – richtig, die glauben auch nicht an Gott, die Maurer da draußen, zu meiner Zeit. Daran hat sich gar nichts geändert. Die Gemeinde Sophien zu Pretzels Zeiten war liberal. Also links, wie wir heute sagen würden. Deswegen, denke ich mir, und weil er auch Nachbar der Kirche ist, will Franz Pretzel einen Platz im Gemeindekirchenrat und bekommt ihn auch, hier läuft alles ganz demokratisch.

Wenn aber das Haus Nummer 30 a auf der Tagesordnung steht, mit seiner scheußlichen Rückseite, und die Häuser daneben sehen auch nicht viel besser aus, da sagt er: Abreißen! Er sagt auch: Kredit!
Lasst uns einen Kredit aufnehmen und selber bauen!
Die im Gemeindekirchenrat sitzen, sie zögern. Kleine Leute wahrscheinlich.
Warum sich verschulden? Warum?

Wiederum hatte es zur Bauzeit im Jahr 1700 an der Großen Hamburger Straße kein Haus Nummer 30 a gegeben. Damals standen die Häuser noch nicht Wand an Wand, so wie eine Mauer.
Nein, Gärten umgaben hier jedes der Häuser, Höfe!
Also könnte es auch von der Kirche zur Großen Hamburger Straße einen Durchgang gegeben haben?
Tatsächlich, ich finde ihn – zwei Strichlein auf dem ältesten Straßenplan und ein feiner Schriftzug dazwischen: *Durchgang in d. Sophien-Kirche.*
Natürlich! – der Eingang der Kirche war immer schon von der Straße aus vorgesehen.
Als aber der Bodenpreis steigt, wird auf diesen Durchgang noch ein Haus gebaut worden sein, diese 30 a, und von da an mussten die Kirchgänger nun zum Gottesdienst erst durch ein Tor in der Nebenstraße über den Friedhof der Kirche laufen und so von der Seite aus also die Kirche betreten.
Auch das wird Franz Pretzel ins Feld geführt haben: Der Zugang muss wieder nach vorne weisen, zur Großen Hamburger Straße.

Das verstehe ich jetzt, und verstehe auch gleich, dass wohl jedes Mal, wenn so ein kleines a oder b neben einer Hausnummer steht, etwas abgetrennt wurde von einem Grundstück, das einmal größer war und im Katasteramt bereits eingetragen ist unter der bisherigen Parzellennummer.

Wie ich aber so die Nummern der Häuser vergleiche und die Namen der Eigentümer und Mieter, da fällt mir wieder das Bild vor Augen, das ich aus dem Fechtsaal gesehen habe – das Hamburger Wappen und die Deutsche Krone, diese alten Häuschen mit Spitzdach und ihren direkt auf die Hauswand gemalten Schriftzügen, und die Bürgersteige so schmal, so schmal …
Natürlich! Es sind die Häuser 28, 29, 30, 30a und 31, um die es damals jahrelang geht, und die ältesten Häuser davon sind die Hausnummern 28 und 29, die Gasthöfe Zur deutschen Krone und Zum Hamburger Wappen, deren Anblick Franz Pretzel offenbar Kopfschmerzen machte.
Genauso wie mir hundert Jahre später.
Diese Häuser, sie standen im Weg!
Und das sagt Franz Pretzel auch.

Lasst uns Kredit nehmen! Die Zeiten sind günstig!
Seht zur anderen Seite der Straße, nur dorthin braucht ihr doch rüberzusehen, nach Gegenüber – da ist auf den Grundstücken 13 und 14 in Nullkommanichts eine ganze Straße entstanden! Hoch und modern!
Habt ihr's nicht selber erlebt, den Lärm und das Treiben der Maurer und Fuhrwerke, es ging nur ein Jahr, eine

Goldgrube jetzt, diese Krausnickstraße, wo einst Gärten waren und windschiefe Häuschen, na los! Lasst uns bauen!

Franz Pretzel – ob er so gesprochen hat, damals?

Die im Gemeindekirchenrat sitzen, die zögern. Kleine Leute wahrscheinlich.
Kleine Leute haben einen kurzen Atem.
So beginnt es und so geht es weiter.
Als eine Mehrheit im Gemeindekirchenrat dem Kauf endlich zustimmt, hat Pretzel von den fraglichen Häusern eines heimlich bereits gekauft. Von jetzt an muss man ihn fragen, sonst macht er selbst, was er will.
So hatten sie nicht gewettet?
Na, wer warten will, kann ja warten, aber das sind jetzt die Regeln!
Berlin ist nun Kaiserstadt, und das Geld liegt zur Zeit auf der Straße, hier in Berlin in der Mitte, am Ende der Achtzigerjahre, auf der Straße liegt es, im Boden – der ist es, der Boden, kapito?

Ich lese.

Ich wende ein Blatt nach dem anderen um, in den riesigen Protokollbüchern.
Bücher, ja, Bücher sind das, große Bücher und auf jede Seite ist oben mit Feder und Tinte das Datum geschrieben und unten ganz groß eine Seitenzahl.
So echt das alles.

Die alte Tinte glänzt metallisch an manchen Stellen, ist dickstes, dunkelstes Schwarz.
Besonders gut gelingen dem Schreiber jedes Mal die Ziffer 0 und die Ziffer 1.
Riesengroß und nach rechts geneigt, wunderschön.
Ja, so werden Dokumente geschrieben. Unauslöschlich für alle Zeiten.
Und wieder steht da:
Abgelehnt!
Und doch ist gebaut worden.

Ich lese.

Was sagen die Protokollbücher?
Immerhin sind es Bücher, gebundene Bücher! Jede Seite mit Feder und Tinte groß nummeriert. Da ist es nicht einfach, ein Blatt auszutauschen.
Nicht einfach? Es ist gar nicht möglich!
Denn Bücher sind es! Die Protokolle, sie sind noch in Bücher geschrieben, man kann darin streichen, kann schwärzen, kann Seiten zerreißen, herausreißen gar, doch unverrückbar davon bleibt die Zahl – ein stummer Soldat, allein auf der Platte, der seinen Befehl ewig weiter erfüllt.
Dort oben am großen Versammlungstisch des Gemeindekirchenrats von Sophien, dort lerne ich es: Eine Zahl, das ist Wahrheit.
Und wenn's eine Seitenzahl ist. Gerade die Seitenzahl.
Wenn eine Seite fehlt.

Wenn eine Seite fehlt, dann wird nie, nie, nie mehr ein Mensch erfahren, was hier für die Leser der kommenden Zeit einmal geschrieben stand.

Das hat mir die Zahl gesagt.

Was sagt die Broschüre, das alte Papier?
Das sagt die Broschüre: Betrug!
Überall Fronten, wo Pretzel erscheint, Gerüchte und Gegner, sagt die Broschüre, Verleumdungsklagen und falsche Beweise, ein Gegenverein!
Und das sagt sie auch noch: Wir wollen erklären! Den Streit, der die Gegend nun spaltet seit Jahren – erklären.

Erklären! Erklären!
Zum Lachen ist das für mich, hundert Jahre später – erklären!

Ich sitze ja bereits in einem der schließlich doch noch gebauten Häuser, die die Straße zweifellos schöner machen. Zwei hohe Mietshäuser mit abgerundeten Ecken, verbunden von einem Tor, durch das man direkt auf die Kirche blickt, auf den schönen Kirchturm, den Stolz von Sophien. Der Eingang zur Kirche führt über das Grundstück Nummer 30a.
Ein Haus Nummer 30a gibt es nicht mehr.
Eintrag auf einer Karteikarte: *1896 Abbruch des Hamburger Wappens, erstmalig Durchblick frei auf Sophien!*
Vorgeschlagen im Jahr 1884 – Abriss 1896. Zwölf Jahre!
Das war mal ein langer Atem.

Die Häuser 28 und 29, wie sie sich mir gespiegelt hatten aus den Lüften in einem schwachen Moment im Fechtsaal der 17, die dörflichen Gasthöfe, sie haben verloren.
Und sollten Freigeister in den alten Häusern gewohnt haben, kritisch und ärmlich – solche Leute, die waren dann weg. Manche der alten Häuser aber standen noch in der Großen Hamburger Straße. Wohnten da immer noch welche drin? Demokraten? Gemütlich in winzigen Stuben?
Gemütlich wird es gewesen sein, denke ich mir, und wenn die Angestellten hier oben zum Feierabend ihr Kirchenbüro abschließen, suche ich ebenfalls etwas Gemütlichkeit, hopse schnell die gebohnerten Treppen des Kirchenhauses hinunter und lauf rüber ins Café oder zur 17, dem kleinen Haus. Denn das gibt es ja noch. Da steht es.

Eine Zahl ist Wahrheit.
Kling! Klang!

Doch von jetzt an betrete ich immer mal wieder den Hof von dem Wohnhaus Große Hamburger Straße 32. Das Haus von Franz Pretzel, drei Etagen hoch. Wie überall steht damals das Eingangstor offen und im Hof dann die alte Fabrik.
Klinkerbau, gelb, und die Schrift darauf schwarz – tiefstes Schwarz in dickem, rundem Latein: Franz Pretzel Treibriemenfabrik.

So schrieben sie, die Kapitalisten der ersten Generation, wie die Engländer schrieben sie, breit und rund, schwarz und fett und immer ein Punkt dahinter.

Tief einatmen kann man vor so einer Schrift – Luft kriegen. Luft!
Und er hat gewonnen, hat recht behalten, er ist geblieben – seine Gedanken, in Stein gehauen.
Warum?
Hatten die wirklich gefragt: Warum?, damals die Leute aus dem Gemeindekirchenrat?
Warum sich verschulden, warum?
Alles wird anders, alles wird anders, darum!
Die Zeit!
Alles hat seine Zeit, und wenn's die nicht nutzen kann, dann – kommt was anderes dran.
Verstehen die das, die im Kirchenrat damals?
Nein, das verstehen sie nicht. Und ich?
Verstehe es ich?

Es sind die Achtzigerjahre damals, als ich die Akten studiere, unsere eigenen Achtzigerjahre, das Jahrtausend geht zu Ende, und ich verstehe nicht.

In Mannes Büro ist die Tür meist verschlossen – dann hat er zu tun, irgendwo in der Stadt.
Ist er da, sitzt er an einem winzigen Tisch, auf dem liegen Berge von Zetteln, das sind seine Aufträge. Reines Geld sind sie eigentlich, er wühlt im Geld, dieser Manne, aber erst wenn die Arbeit getan ist, der Auftrag eben, der kommunale, die Arbeit, die drauf steht und von der Wohnungsverwaltung bezahlt wird, wenn die getan ist, dann wird jeder Zettel zu Geld für ihn, dann erst, und es sind so viele!
So viele Zettel dort auf dem Schreibtisch, Manne wühlt darin, und er stöhnt, denn er schafft es nicht, so viel Arbeit schon wieder, und wie schön wäre es, wenn jemand vielleicht mal hier putzen könnte, in dieser Räuberhöhle, mal Staub saugen auch, und guckt mich dabei schelmisch an. Aber das hab ich gar nicht gesehen, na, Hilfe, schließlich putze ich auch ganz alleine bei mir. Bei mir zu Hause!
Na, so was! Beinahe hat er sich das gedacht.

Und ob ich schon davon gehört hätte – bei der Reko hat es eine strenge Begehung gegeben, Frau – keine Namen! Keine Namen! – vom Rat des Stadtbezirkes hätte danach geäußert, es sei hier in der Gegend ein unübersehbarer Schaden entstanden, es grenze das alles, was hier an Geldern und Material verbraucht worden ist, ans Kriminelle bereits, und im Grunde müsse der Stadtbezirk jetzt das Handtuch werfen.
Allein tischlermäßig zum Beispiel seien listenweise fehlende Fenster und Türen erkannt worden! Die seien bezahlt, die müssten längst fertig sein, aber sie fehlen!

Sind also geklaut? Oder wie oder was?!
Die Frau vom Stadtbezirk hat an die privaten Handwerker der Gegend appelliert, an ihre Ehre als Bürger Berlins. Jede Menge Aufträge könnten sie kriegen, jeder sollte sich bitte ein Haus aussuchen, dem er unter die Arme greifen will, bildlich gesprochen.
Und dann hat sie noch etwas leise gesagt, zu Manne gesagt: »Wenn das nun Ihr Haus wäre …«
»Ist es doch nicht,« hatte Manne gesagt.
Und sie wieder: »Ich könnte es Ihnen verkaufen.«
Das hatte gesessen, man sieht es, Manne guckt immer noch etwas erschrocken.
So ist das, wenn ein wildfremder Mensch deine geheimsten Wünsche errät.
»Wat denn nu?«, sagt Manne. »Wat ist denn hier los auf einmal?«

»Oh, Manne! Das Haus hier, die 17, das herrliche, kleine – na, wäre das was?«
Nein, er ist doch nicht blöd!
Erstens hat er sein eigenes Haus dort am Stadtrand, und zweitens, er kennt die 17 genau.
»Der Hof – wenn du wüsstest, ist voll unterkellert, kann einbrechen jeden Moment, und was alleine schon diese Sanierung kostet, bloß mal des Hofes, und praktisch für nichts, einfach nur für die Sicherheit, und das wissen die auch bei der Wohnungsverwaltung, und die haben kein Geld, also: Neee!«
Da kommt wohl die Angst, steigt sie hoch? Die Verantwortung auch?

Ach, das ist nur ein Wort, unbekannt in der Zeit. In der Zeit, die wir kennen, ganz unbekannt.
Da gibt's nur Gequatsche und Meinungenhaben, nur das gibt es hier am Stammtisch, sonst gar nichts, und täglich von Neuem, und in zehn Minuten bereits, da kann's wieder losgehen mit der heißen Debatte der Mängel, in die sich der Staat hier verwickelt hat.

Verwickelt, verheddert, verloren, egal – ich geh schon mal vor ins Café!

Im Café noch einmal alles von vorn – die Frau vom Stadtbezirk und der riesige Schaden, und nun sollen die Handwerker helfen, haha!
»Aber die würden ja dann auch bezahlt, oder? Die Handwerker?«
»Ja! Aber die haben Arbeit genug in der Gegend, und was noch dazu kommt, das ist nämlich so: Der Stadtbezirk zahlt genau das, was die Volkseigenen Betriebe bekommen, die VEBs, und das ist zu wenig, es rechnet sich nicht.«
Die VEB-Preise sind die Preise, die der Staat den Volkseigenen Betrieben zahlt, und auch denen sind diese Preise zu niedrig, für die rechnet sich ihre Arbeit auch nicht, der Staat buttert zu, das weiß jeder. Alle Preise für Material und für Löhne sind überholt, hätten längst schon angepasst werden müssen, erklärt uns der Meister.
»An was denn?«
»An was? An die Zeit! Die Zeit ist vorangeschritten seit den Sechzigerjahren, und die Materialpreise sind geblieben, und die Kosten für Löhne genauso, seit Jahren schon fest und zu niedrig, so wie unsere Mieten und wie unser Brot, aber würde nur einer der Posten verändert, na dann …«
»Dann kommt alles ins Rutschen im großen Gefüge?«
»So isset.«

So ist das eben, wenn zu lange gewartet wird, wenn man sich einrichtet in der Gemütlichkeit.
Die Handwerkermeister haben sich natürlich beim Stadtbezirk für die Lücke im Preis etwas rausverhandelt – eine Maschine zum Beispiel, die sonst nicht so einfach zu ha-

ben ist, und wenn das nicht geht, na dann eben Bauleistungen an ihren eigenen Werkstätten, aber was bleibt unterm Strich, ist die Stimmung.
So wird das nüscht, hier.

Die Härte gegen den Arbeiter fehlt im Arbeiterstaat. Manne war selbst einmal Arbeiter, er weiß es genau: Kein Druck auf der Arbeit, Entlassungen auch nicht, die gibt's nur im Westen, hier wird man ermahnt. Aber davon kommt die Leistung noch lange nicht, die Produktion, und immer fehlt Material, und am Ende gibt es die richtige Farbe und den Zement dann eben auch nicht zu kaufen, die man gebrauchen könnte.
Denn komischerweise träumt so ein Arbeiter heute von Haus und von Garten und gar nicht von einer Karriere nach oben, die ihm ja offensteht, im Arbeiterstaat, nein, von Haus und von Garten da träumt er und meistens besitzt er das auch, ein Häuschen mit Garten.
Dafür braucht er natürlich mal dies und mal das, was es grade nicht gibt, ein Fenster zum Beispiel. So läuft das, und wenn das so läuft, dann geht das auch immer so weiter, beziehungsweise – geht nicht. Es geht nicht, so geht das hier nicht!
Immerhin kommt Manne, wenn er im Café erscheint, von seinem Haufen Papier, den Aufträgen also, oder tatsächlich aus einer Wohnung, wo er einen Türrahmen wieder eingesetzt hat oder Dielen geflickt, aber die anderen – wovon leben die andern und lachen und kichern und feixen sich eins: Es wird nüscht! Es wird nüscht! Jawoll!

Ich trage ebenfalls zur Unterhaltung bei. Ich komme ja aus dem Kirchenarchiv. Ich kann erzählen, dass hier in der Gegend mal anders gedacht wurde, ehrlich!
Manche nannten sich tatsächlich Sozialisten. Andere nannten sich liberal.
Die Liberalen.
Und wie stark die gewesen sind in Berlin und dass grade hier über viele Jahre an einem lebendigen Beispiel gestritten wurde, gekämpft regelrecht um Abriss und Neubau dort gegenüber, auf der anderen Straßenseite, wo heute die Häuser der Kirche stehen.
Eine Gruppe habe sich dann durchgesetzt, ein Mann vor allem, der auch in der Straße gewohnt hat, in der Hausnummer 32, die ja immer noch steht, und der Mann hieß Franz!
Wer mir nicht glaubt, der braucht nur an dem Hoftor vom Haus Nummer 32 vorbeizugehen. Dort in den beiden Flügeln des Tores sind zur Verschönerung früher mal Glasscheiben eingesetzt worden, und die Glasscheiben sind geschützt von kleinen, eisernen Gittern.
Dick verstaubt inzwischen, und die Farbe ist abgeplatzt, und doch: In der Mitte von jedem Gitter ist immer noch ein geschmiedeter Ring zu erkennen, darin elegant ineinander verschlungen zwei Buchstaben: ein F und ein P.
Franz Pretzel!
Das macht Eindruck, da hören die anderen zu, da habe ich meine Rolle am Stammtisch, ich bin die Schriftstellerin.
Und weiter? Wie hat er's gemacht? Wie hat er gewonnen?
Ja nun, er hat sich Verbündete gesucht, hat einem Verein

sich angeschlossen, wo man genauso dachte wie er, unter einem deutlichen Namen: Die Positiven!
Mit nur einem Wort haben sie klargemacht, dass die anderen immer nur Nein sagen können: Lasst uns die Liberalen die Negativen nennen!
»Genau richtig,« sagt Manne, und er würde das auch so machen. Bauen musste man damals.
»Aber kleine Leute begreifen das nicht. Die Zeit!
Wer sie nicht nutzen kann, ist dann mal weg vom Fenster, dann kommt was anderes dran!«
»Sie verlieren ihr Zuhause!« Das sage ich.
»Das Zuhause vielleicht, doch ihr Haus isset nicht!« Das sagt Manne.
»Es hat nicht jeder ein Haus,« sage ich, »und wie denn auch, bitte, woher?«
»Ein Haus, aber hallo!«, ruft Manne da stolz in die Runde hinein, »ein eigenes, logisch, das ist doch das Erste, worum man sich kümmert, wenn man Familie hat!«
Da sage ich nichts mehr, ich schweige, ich sage gar nichts zu diesem Thema, lenke sogar davon ab, das sehe ich heute in meinen Papieren, etwas anderes ist mir auf einmal wichtig: »Ein Mann!«
»Versteht ihr: Ein Mann!«
Und lese von meiner Karteikarte vor, abgeschrieben aus einer Geburtstags- und Jubelschrift für diesen Franz Pretzel: *»Er hat über dreißig Jahre aus einer liberalen Kirchengemeinde eine kaisertreue Gemeinde gemacht!«*
Ein einziger Mann kann vieles verändern, alles vielleicht. Wenn er das will.

Und er wollte, er hat sich was einfallen lassen. Das hier zum Beispiel: Der Kaiser, der Kaiser ist da!
Hier in die Straße sei er gekommen, der deutsche Kaiser. Pretzel war da schon tot, aber sein Verein hat ihn eingeladen, den Kaiser, und dann ist der tatsächlich hier gewesen. Keiner glaubt es.
Und doch ist es wahr! Da oben habe ich sie grade gefunden, eine Schrift zum zweihundertjährigen Jubiläum der Sophienkirche, also 1912.

Am Stammtisch lese ich vor, was auf meiner Karteikarte steht, in meiner eigenen Handschrift, so kindlich und klar:
... beehre ich mich ... zu benachrichtigen, dass seine Majestät, der Kaiser und König der Feier gern beiwohnen wollen, und als Tag hierfür Sonntag, den 1. September vormittags 10 Uhr zu befehlen geruht haben.
Zu befehlen geruht haben? Am Stammtisch hebt man die Augenbrauen.
»Das hat er dann acht Wochen später geändert, nun wollte er lieber am Sonnabend kommen, dem 31. August, und kurz davor kam noch ein Telegramm, dass er erkältet sei, und die Feier solle kurz gehalten werden.«
»Erkältet?«
»Auch Kaiser können erkältet sein!«
Aber viel interessanter sei es doch, dass vorher vom Hofe schon festgelegt wurde, wer alles kommen darf und dass jeder auf seinem Platz sitzen bleiben muss, bis die kaiserliche Abordnung die Kirche wieder verlassen hat. Orden sollte es auch geben, die Kirche durfte Namen vorschla-

gen, und sehr erwünscht war – und hier lese ich vor – *die Nennung eines Ihrer untersten Kirchenbeamten, Verdienst und Würdigkeit natürlich vorausgesetzt.*
Das sind mal zwei Wörter, die Eindruck machen: Verdienst und Würdigkeit.
»Und wer ist nun gekommen?«
»Die Kaiserin nicht, die ließ sich vertreten. Aber der Jagow war hier!«
Der Name ist unbekannt hier am Tisch.

Und an dieser Stelle im Text, da hätte Tucholsky geschrieben, er habe nun erst mal einen Löffel voll Karlsbader Salz schlucken müssen – sie kannten den Jagow nicht mehr in der Großen Hamburger Straße! Traugott von Jagow: Die Straße gehört dem Verkehr!
Dieser Name eines Berliner Polizeipräsidenten, berühmt und berüchtigt – an diesem Tisch unbekannt. Immerhin wird gemurrt.
»War allet wie heute? Die Straße gesperrt, Polizei aufgestellt und die Guten, die kriegen die Orden?«
»Also, es wurden verliehen: Ein Königlicher Kronenorden 3. Klasse, die Krone zum Roten Adlerorden 4. Klasse, ein Kronenorden 4. Klasse sowie Allgemeine Ehrenzeichen.«
Man lacht. So genau hat's wohl niemand erwartet. Aber ich weiß noch viel mehr, habe alles notiert:
»Den Königlichen Kronenorden 3. Klasse bekam Pfarrer Witte. Die Krone zum Roten Adlerorden 4. Klasse bekam der Patronatsälteste Zowe, ein Rechnungsrat. Den Orden dazu hatte er schon. In der Begründung steht, Zowe habe lange gedient im Kaiserlichen Alexander-Garde-Grena-

dier-Regiment, später war er geheimer Sekretär bei der General-Militärkasse. Den Kronenorden 4. Klasse bekam der Rechnungsrat Hahn. Hahn war Kirchenältester und im Beruf Geheimer Sekretär und Kalkulator bei der Königlichen Hauptverwaltung der Staatsschulden. … *seine Verhältnisse sind wohlgeordnet, seine patriotische Gesinnung hat er allzeit betätigt.*«
An dieser Stelle wird wieder gelacht.
»Ein Allgemeines Ehrenzeichen bekommt der Raschmacher Robert Eichler. Raschmacher sind spezielle Wollweber. Jetzt ist er Hilfsdiener und Leichenbitter. Er hat von 1854 bis 1897 im Kaiserlichen Alexander-Garde-Grenadier-Regiment gedient, davon zwei Jahre als Gefreiter, … *als Diener gewissenhaft, lebt bescheiden.*«

Heinis Frau, die Maria, wirft einen Blick der vollen Vertrautheit auf ihren Gatten, der als Kellner damals noch Kopfrechnen kann, und der kurze Wortwechsel zwischen den beiden: »1854 bis 1897? Das sind 43 Jahre!«
»Das schaffste nicht, du nicht!«
»Da müsst ick ooch blöde sein.«
»Biste ja nicht!« – endet in Heinis höhnischem Einwurf: »Ganz schön zackige Gesellschaft da drüben!«
»Und der Kaiser ist wirklich gekommen?«
Manne bezweifelt das immer noch. Davon hätte man hören müssen. Die Kaiserin ja. Die soll Kundin bei Keilichs Spielzeuggeschäft gewesen sein. Sie ist gesehen worden in der Großen Hamburger Straße, ihretwegen wurde tatsächlich jedes Mal die Straße gesperrt, das haben die alten Frauen erzählt, aber er selber? Der deutsche Kaiser?

Und doch war es so, ich hab den Beweis mitgebracht auf meiner Karteikarte, und wie so was geplant wird! Hört zu: »*… stellt das 2. Garderegiment eine Ehrenkompanie, die sich vormittags neun Uhr dreißig in der Großen Hamburger Straße am Hauptportal aufstellen wird. Seine Majestät werden von der Großen Hamburger Straße vorfahren, die Front abschreiten und sich dann in die Kirche begeben. Falls seine Majestät danach einen Vorbeimarsch befehlen, wird dieser in Richtung auf die Große Hamburger Straße erfolgen, und über die Auguststraße marschiert die Ehrenkompanie ab.*«

»War der nun Kaiser, oder war er König?«

Das war wieder Heini, der Kellner. Er verzieht schon die ganze Zeit seinen Mund zu dem üblichen Grinsen.

»Na, Kaiser und König, kann denn det so schwer sein? Deutscher Kaiser und König von Preußen! Und wenn jetzt noch eener wissen will, wie der deutsche Kaiser so plötzlich verschwunden ist für alle Zeiten, dann reicht's aber!«

Das war Manne. Sein Preußenthema.

»Abgehauen, wissen wir doch!« Heini wieder. Diese Kellner haben vor gar nichts Respekt.

»Vertrieben wurde er von den Roten.«

Manne glaubt, ein Machtwort gesprochen zu haben, wird jetzt aber ins Büro gerufen, und so kann er nur noch über die Schulter hinzufügen: »Den roten Soldaten!«

An diesem Punkt bricht das Gespräch für alle Zeiten ab. Wahrscheinlich wird daher mancher am Tische für den Rest seines Lebens annehmen, dass die Russen den Kaiser aus Deutschland vertrieben haben – die Sowjetsoldaten, genauer gesagt.

Aber eigentlich ist der Kaiser auch allen egal. Genau wie die Orden und Ehrenzeichen.

Es ist vorgestern in der Nacht hier manches passiert. Unter anderem gab's eine Sauferei in der Auguststraße, und dabei gerieten die Teilnehmer auf ihnen unerklärliche Weise zwischen die Rohre – auf den Lagerplatz Rohre genauer gesagt –, von dem Manne dann aber weglief, vielleicht auch über den Gitterzaun sprang, keiner weiß es genau, ein Freund aber, genannt der Schnürsenkel, hinter den Gittern sitzen blieb und zu rufen begann und zu schreien, denn in seinem Suff nahm er an, im Gefängnis zu sein, was nicht unbemerkt blieb, aber unklar der Fortgang. Kam die Polizei? Kam die Feuerwehr? War er im Krankenhaus gelandet? In der Gummizelle?
Auf jeden Fall konnte sich Manne an nichts erinnern, während Schnürsenkels Mutter heute nun schon zum zweiten Mal in Mannes Büro gekommen war, um den zu beschimpfen.
»Warum?«
»Weil er abgehauen ist. Hat den andern im Stich gelassen. Blutüberströmt!«
»Hahaha!«
»Jajaja! Rennt doch immer weg, Manne, das ist bei dem doch so drin!«
»Ja, rennt immer weg, na, und wo rennt er hin?«
»In mein Büro.«
Da ist er schon wieder. Soll genauer erzählen. Denn das mit dem Schnürsenkel ist das Wichtige heute.
»Es war alles ganz anders. Hört zu!«

Ja, ihm hören sie zu. Wir alle. Was ich erzählt hab und was ich von früher weiß, das will nach kurzer Zeit keiner mehr wissen, aber jetzt, über meinem Haufen vergilbter Papiere, Karteikarten, Aktenauszüge, da sehe ich etwas. Neben der Überschrift: *Briefwechsel und Protokollanweisungen zu dem Jubelfeste der Kirchengemeinde Sophien* steht rechts oben: *gelesen am 30.5.1985.*
Das erstaunt mich heute. Ich habe die Karte signiert. Das war richtig. Also gehört auch die kleine Runde in den Mai des Jahres 1985.
Und das heißt: siebzig Jahre nach seinem Besuch in der Großen Hamburger Straße weiß hier niemand mehr etwas vom deutschen Kaiser.

Nicht mal vom Kaiser. Aber ich weiß noch mehr. Ich weiß, was ich nicht erzähle am Stammtisch. Franz Pretzel war schließlich in die Politik gegangen, und nach etlichem Suchen im Stadtarchiv fand ich ihn: Franz Pretzel, Stadtverordneter.
Dazu steht auf meiner Karteikarte: Antisemitenpartei.
Es hatte etliche solche Parteien gegeben in den vorigen Achtzigerjahren in Deutschland, aber er nun grade und hier ausgerechnet – in meiner Lieblingsgegend?
Was hatte er gegen die Juden?

Und wieder greife ich nach den Adressbuchauszügen.

Es ist schon Gewohnheit, es ist schon der Boden, auf dem ich mich täglich bewege, ein Teppich aus Zahlen und Namen. Dieser Teppich, er hat einen Anfang und hat auch ein Ende, und der Anfang, das ist ein Berliner Straßenplan. In meiner eigenen Handschrift steht drauf: Vor 1723. Jetzt will ich mal sehen, ob ich schon am Anfang, ganz am Anfang, im ältesten aller Adressbücher von ihnen was finde – den Juden.
Und da sehe ich am Ende der Großen Hamburger Straße das Wort *Baustelle* stehen.
Und noch eine *Baustelle*, also zwei. Zwei Baustellen vorn in der Großen Hamburger Straße, kurz vor der Ecke Oranienburger, vor der Hausnummer 24 also, aber Moment mal, das stimmt nicht, statt der 24 steht hier die 1.
Ein Haus Nummer eins!

Wie ich's mir dachte: Man zählt von der Mitte der Stadt, von innen nach außen, so fängt man an, und es wurde gemacht. Dafür hat man die rechte Ecke genommen, von der Innenstadt aus gesehen.
Es war genau die freie Fläche, auf der ich die Straße einmal betreten hatte und stehen geblieben war vor Erstaunen. Hier war also einmal die 1.
Und wer war der Besitzer?
Die Gemeinde der Juden. Das steht da ganz deutlich: *Jüdisches Gemeinhaus.* Große Hamburger Straße Nummer 1. Ein Gemeindehaus also.
Daneben: *Garten,* und: *Baustelle*, und dann die Zahl 2,

und daneben steht noch einmal dasselbe: *Jüdisches Gemeinhaus*, und: *Baustelle.*
Aber sehe ich ans entgegengesetzte Ende der Großen Hamburger Straße, steht da auch ein Haus Nummer eins. Es steht dort, wo es immer gestanden hat, und wo später die Rohre liegen.
Zwei also, es hat hier zwei Häuser Nummer eins gegeben, im Jahr 1723 und die ganze Zeit vorher sicherlich auch, die ganze, die lange Zeit.
Sensationell. Für mich ist das sensationell, aber – weggeworfen, sie haben es weggeworfen, eine Zahl kann man ändern, nicht wahr?

Und gleich schau ich mich um in dem Jahre, seh auf andere Straßen Berlins, es ist immer dasselbe – jede Straßenseite wird einzeln nummeriert, jede Straße hat zwei Häuser der Nummer 1, zwei Häuser der Nummer 2 und so weiter, und das ist natürlich missverständlich, je mehr Postverkehr aufkommt, geht das nicht für die Lieferanten, die vielen Geschäfte – es wird also geändert. Von den Adressbüchern des Jahres 1800 an wird eine Straße fortlaufend nummeriert in Berlin, und die 1 an der Ecke Oranienburger wird zum Haus Nummer 24.
Und die Juden?
Auch im Jahr 1800 besitzen sie noch die beiden Gemeindehäuser und die zwei Baustellen und den Friedhof natürlich. Und gleich um die Ecke in der Oranienburger lese ich für das Haus Nummer 7: *Judenlazarett*. Also ein jüdisches Krankenhaus.
Es steht ebenso am Rande des jüdischen Friedhofs wie

die beiden Gemeindehäuser, nur an seiner schmaleren Seite.
Dieses Krankenhaus ist das höchste Haus an der ganzen Oranienburger Straße, denn die Anzahl der Stockwerke steht in diesem alten Straßenplan noch neben der Hausnummer, und da lese ich meistens 2 oder 3, manchmal 1. Nur neben dem Haus Nummer 7 steht die 4. Vier Etagen! Wahrscheinlich aus Platzmangel so hoch gebaut. Nach der Charité ist es das zweite Krankenhaus in Berlin. Später kommen noch mehr dazu in der Gegend hier, denn es ist ja bekannt, die soziale Betreuung ist vorbildlich in den Gemeinden der Juden, es muss jedes Mitglied seinen Teil dafür geben, die Reichen besonders.

Und das ist mir früher nicht aufgefallen?
Wenn ich am Stammtisch sitze, weiß ich ja gar nichts davon – der Friedhof, die Baustellen, die Gemeindehäuser und um die Ecke das Krankenhaus – es ist eine ganz und gar jüdische Ecke gewesen, diese Friedhofsseite der Großen Hamburger Straße, in der Zeit des Barock und des Rokoko!
Das wird mir erst heute klar, heute, wo ich mir die alten Papiere alle zusammen ansehe, weil die Zeit knapp wird für uns.

Und gleich ist mir, als ob ein Schatten aus der Oranienburger Straße einbiegt in die Große Hamburger Straße, eine Gruppe von schwarz gekleideten Menschen, sie tragen etwas in ihrer Mitte, und ich – wie eine Herrin kann ich mich über die Straße beugen und das Licht ihr anknip-

sen, da entsteht ein Raum, eine Straße, in die ich hineinsehen kann im Nachmittagslicht.
Ich stelle mir das im Nachmittagslicht vor, denn das kommt hier aus Richtung der Spree und der Friedrichstraße, und wie es so leuchtet, hinein in die Große Hamburger Straße, werden die Schatten der Menschen länger, die gerade hier eingebogen sind, sie werden zu langen Streifen.
Den ganzen, den schmalen Bürgersteig lang fallen sie mir entgegen, die Schatten. Eine Gruppe aus Männern, sie gehen langsam, sie tragen etwas, einen Sarg.
Ein Begräbnis der Juden ist das, ganz einfach.

An die zweihundert Jahre müssen Juden mit ihren Begräbniszügen durch die Große Hamburger Straße gezogen sein, ein alltäglicher Anblick wahrscheinlich, aus dem Haus Nummer 17, bis der Friedhof geschlossen wurde, im Jahr 1827.

Der Park.

Es war aber in dieser Zeit die alte Synagoge in der Heidereutergasse zu klein geworden, und der Tischler Fränkel in der Großen Hamburger Straße Nummer 11 erhält die Erlaubnis, in seinem Garten eine behelfsmäßige Synagoge zu bauen. Ein Holzbau wird das in zwei Etagen, Platz für 1700 Menschen! Und so laufen vom Jahr 1860 an nun jeden Freitag Hunderte gläubige Juden in die Große Hamburger Straße zum Haus Nummer 11.
Ganz hinten aber, wo Fränkels Garten an das Grundstück der Oranienburger Straße 26 grenzt, kann man durch den Zaun eine Baustelle sehen. Dort ist eine neue Synagoge im Bau, geplante Eröffnung im Jahr 1866.
Blickt man von oben auf das Revier, dann erkennt man, es entsteht vorn in der Oranienburger Straße ein ganzer Abschnitt der Straße neu. Denn neben der Synagoge wird ein neues Gemeindehaus stehen und auf dem Hof auch ein Krankenhaus – das neue jüdische Krankenhaus.
Sie ist also beinahe vollständig herübergezogen – die jüdische Ecke vom Ende der Großen Hamburger Straße, nur das Altersheim blieb in der Großen Hamburger Straße Nummer 26 und das Schulhaus. Denn auf der zweiten Baustelle war ein Schulhaus entstanden, mit der Hausnummer 27.
Dieses Haus stand nun bald Wand an Wand neben dem neuen Gemeindehaus von Sophien und direkt gegenüber vom Haus Nummer 17.
Direkt daneben, direkt gegenüber. So denke ich, wenn ich die Karten betrachte.
Direkt daneben, direkt gegenüber.

Der Tischler Fränkel musste übrigens die Behelfssynagoge schon 1864 schließen, zwei Jahre vor der Eröffnung der Neuen Synagoge. Die Bauakte vom Haus Nummer 11 belegt es:
»Abreißen!«, verlangt die Baupolizei.
»Verlängerung!«, bittet der Tischler Fränkel.
»Abgelehnt!«, antwortet die Baupolizei.
»Es ließe sich der solide Bau in ein Gartenlokal verwandeln!«, bittet Fränkel, zumal noch Verbindungswege bestünden zur Auguststraße und zur Oranienburger.
»Abreißen!«, bescheidet die Baupolizei.
Das geschah.

So endeten die letzten auffälligen Durchzüge von gläubigen Juden durch die Große Hamburger Straße im Jahr 1864. Franz Pretzel aber zieht erst zwanzig Jahre später in die Straße. Die Begräbniszüge hat er nicht gesehen und die Züge der Gläubigen auch nicht. Was hat ihn gestört an den Juden?

Zuerst einmal gar nichts wahrscheinlich, denn er hat mit seinem Grundstück genug zu tun.

Dieses Grundstück Große Hamburger Straße 32 gehörte lange dem Lohgerber Brendlinger, der hat's seinem Vetter Gundler verkauft, auch er ein Lohgerber, und der vermietete später an den Weißgerber Flügel – eine ganze Gilde von Gerbergesellen hat hier ihre Wasserlöcher gegraben, stinkende, giftige Wasserlöcher. Denn Lohgerber lassen ihre Rinderhäute ewig faulen in einer Brühe von Wasser und Baumrinde, und die Weißgerber in einer Brühe aus Alaun und Salz. Deswegen ist Gerberei schon seit 1820 nur an fließenden Wasserläufen gestattet, aber die Leute hier halten sich einfach nicht dran!

Wie sie es gemacht haben – diese Verlängerung jedes Mal von der Baupolizei, doch irgendwann war dann auch Schluss, denn in den Akten häufen sich polizeiliche Anzeigen sämtlicher Nachbarn wegen übelriechender Häute, Chemiedunst, Gesundheitsgefährdung.

»Lüge, Lüge, alles Lüge!«

»Und doch ist es wahr!«, und immer so weiter.

Also Ärger von allen Seiten hat es lange gegeben auf der 32, aber dann endlich steht hier Franz Pretzels kleines Fabrikgebäude, und weg ist der stinkende Schandfleck aus der Großen Hamburger Straße.

Lieferanten gehen nun ein und aus, die Aufträge stapeln sich, denn Franz Pretzel hat eine geniale Idee: Er beliefert Fabriken!
Treibriemen, Ölkannen, Schmiermittel auch – der richtige Mann mit der richtigen Ware zur richtigen Zeit, nur eben der Ort!
Falscher Ort? Wegen der Juden?
Aber die sind ja längst integriert, wie man heute sagt, sie sind nicht mehr zu unterscheiden von den übrigen Leuten, sind Deutsche geworden. Berlin ist 1884 schon dreizehn Jahre Kaiserstadt, und die Juden Berlins haben viel dazu beigetragen.
Sie haben zum Beispiel das Geld besorgt für die Kriege zur Reichseinigung, und den Handel modernisiert, die Schienen, die Bahnen, Elektrizität, und so viele Erfindungen plötzlich, es ist ja die Hälfte aller Unternehmer in Berlin zu Pretzels Zeiten auf einmal jüdisch, warum?

Ideen, sie haben Ideen und machen dann auch, was ihnen so vorschwebt, das nennt man Tatkraft, das zeichnet den Tapferen aus. So ist allen gedient in der Kaiserzeit, und viele von ihnen, die steigen nun auf in die höchsten Kreise und sind froh und werden zu Patrioten.
Von all den vielen Patrioten damals in Deutschland, werden diese vielleicht die innigsten und die treuesten auch – die deutschen Juden. Auf jeden Fall solche, die ihren Weg gemacht haben in das Bürgertum, und viele haben den Glauben gewechselt, sind längst Protestanten geworden. Das wurde erwartet von ihnen, um Deutsche

zu sein. Unternehmer also und freie Berufe und Kleinfabrikanten wie Pretzel einer.
Was hat ihn gestört?

Manches konnte einen Berliner Fabrikanten stören an den Berliner Juden.
Dass sie liberal waren, beispielsweise, also den Freihandel vertraten, und einige waren sozialdemokratisch oder Freigeister oder einfach nur unpolitisch und reich. Reich geworden in kürzester Zeit.
Sie kauften nun Häuser in jener Gegend, in die sie durchs Rosenthaler Tor einmal als arme Schlucker gekommen waren. Auch in der Großen Hamburger Straße.
Im Jahr 1884 zum Beispiel, wenn von der Kirche beschlossen wird, die besagten fünf Häuser nun endlich zu kaufen, dann ist der Besitzer des Hauses Nummer 28 längst nicht mehr Louis Keue, wie es noch immer geschrieben stand am Haus, sondern ein Bankier Meyer.
Meyer verkauft an die Kirche sehr günstig und gewährt noch dazu einen großen Kredit. Beides ermöglicht es der Kirche überhaupt erst zu bauen.
Franz Pretzel hat das versprochen, von Anfang an, und die Verhandlungen und den Verkauf an einem 22. Januar 1885 besorgt ebenfalls Franz Pretzel! Da lobt er den Meyer ausdrücklich als ausgesprochen vertrauenswürdig, kulant – und dann diese Partei?
Merkwürdig, merkwürdig, unangenehm.

Denn das heißt ja, nicht Hitler hat damit begonnen, nicht Hitler, nein, es war vorher schon da und eigentlich immer.

Denn bevor die Juden ab dem Jahr 1671 nach Berlin wieder reinziehen durften, da waren sie erst mal vertrieben worden, gehängt und gefoltert und – logisch – enteignet. Es ging immer um Geld und immer war Krise, wenn so was geschah, und in solchen Gedanken das schöne Treppenhaus runterzusteigen, das noch unter Franz Pretzel erdacht und erbaut worden war und zum Café zu gehen und dort dann zu schweigen über das, was mich damals beschäftigt – blöd ist das, unangenehm.
Aber aufgeben will ich nicht.

Ich bin nicht die Einzige, der das schwerfällt.
Aus Westberlin reist alle paar Tage eine ältere Frau an, die als Sozialpflegerin zur Unterstützung für die Gemeinde geschickt wird und die einzige ist von den Kirchenleuten, die daran Interesse hat, was ich hier eigentlich mache, in ihrem Archiv, und warum ich immer wiederkomme.
Es ist Frau – keine Namen!
Oh, da freue ich mich und erzähle von den großen Protokollbüchern des Gemeindekirchenrates und wie lebendig die Eintragungen darin, und in den Protokollbüchern des Parochialvereines ebenfalls, und dass sogar der Hofprediger Stoecker vor diesem Verein einen Vortrag gehalten hat, und jedes Mal schüttelt sie den Kopf. Zwei Pfarrer habe Sophien, zwei!
Aber der eine interessiere sich fast nur für die Geschichte der Juden hier in der Gegend und der andere für die Friedensbewegung, und die Schätze hier in den Aktenschränken, ach Gott, was ein Jammer.

Wenn sie hier im Osten Berlins zu tun hat und wir uns begegnen, dann unterhält sie sich lange und begleitet mich auch ein Stück des Weges, wenn es sich einrichten lässt.
»Haben Sie dieses Wort schon gehört: Supervision? Ist das nicht schrecklich?
Ja, das kennen Sie nicht hier im Osten, aber wir, wir haben bei uns neuerdings Supervisoren, und die gehen einem direkt an die Seele! Direkt an die Seele!
Verstehen Sie, Liebmännchen?«
Kürzlich stand sie neben der Oma Borchert am Operationstisch, und die habe den versammelten Ärzten und Schwestern gesagt: »Ganz ruhig! Wenn's nicht klappt, dann gucke ich Sie von oben an, und wenn's gut geht, dann sehn wir uns wieder!«
Und nun?
»Frisst wie eine Raupe und alles ist gut! Grad komm ich von ihr – brauch ich Supervision? So ne Leute brauch ich, die geben mir Kraft, so ne Leute.«
Und ich gebe ihr auch Kraft, so sagt sie es mir. Dass ich das mache, hier forschen und suchen, wie viel Kraft würde ich dafür brauchen, nicht wahr?
»Grade Sie.«
Und sieht mich so an, als ob sie es wüsste, wie schwer es mir fällt, hier die Treppen zu steigen. Ja, runter geht's jedes Mal leichter und schnell und danach laufen wir manchmal auch nebeneinander den Weg zu der Straßenbahn.

Über der leeren Ecke von Keilichs Spielwarengeschäft kann ich der Sozialpflegerin aus dem Westen von dem weinenden Mädchen da unten erzählen und dass dieses

Lehrmädchen später die beiden strengen Schwestern noch gekannt hat, die zwei Fräulein Keilich.
Denn als Ladenmädchen wurde es eingestellt, und die mussten jeden Morgen vor einem der beiden Fräulein Keilich strammstehen und ihre Hände vorzeigen – die Fingernägel, die Schuhe, ob sie blankgeputzt sind, und in die weißen Halskragen wollten sie auch sehen. Täglich frisch hatten die Kragen zu sein!
»So adrett wie ein Mädchen von Keilich!« – das sei in Berlin ein Begriff gewesen. Und sie hätten wie Puppen sein müssen, mit eingelernten Sätzen wie »Exzellenz, darf ich aufmerksam machen, wir haben noch einen neuen Artikel hereinbekommen …«, und am Ausgang die Flügeltür aufreißen und rufen: »Gnädige Frau, beehren Sie uns ja wieder!«
Ganz Potsdam hätte bei Keilich gekauft, die Adligen, die Offiziere. Aus den höchsten Kreisen sei die Kundschaft gewesen, unnahbar! Die hätten durch die Angestellten hindurchgesehen wie durch Luft. Wir waren gekaufte Menschen.
Als der Herr Keilich gestorben war, musste jedes Ladenmädchen in einem schneeweißen Kleid zur Arbeit kommen, mit schwarzer Schärpe um die Taille. So sind sie durch ganz Berlin hinter dem Sarg hergelaufen, von der Großen Hamburger Straße bis zum evangelischen Invalidenfriedhof.

Da hat Berlin geguckt!

Dieses Mädchen!

Als alte Frau hat es mir gegenüber gesessen, eine der wenigen hier aus der Gegend, die sich erinnern wollten – und ich soll aufschreiben!
Manche Sätze diktiert sie mir regelrecht, sieht zu, dass es auch wörtlich ist, was ich schreibe, mitschreibe in der Dämmerung ihres großen Berliner Zimmers, sie achtet darauf.
Wenn ich die Notizen jetzt wieder finde, da steht oben dick unterstrichen ein Satz:
Früher war es nicht besser.

Was hatte sie damit gemeint, welche Zeit?
»Ganz allgemein. Früher war es nicht besser.«
Sie sei immer arm geblieben, so erzählte sie, sitzend vor einem dunklen Esszimmerbuffet mit Häkeldeckchen und Bleikristallschale darauf. Im Fenster dahinter ein Blick auf den Hof.

»Max Mamerosch!«
Da hatte ich nach den Juden der Gegend gefragt.
»Max Mamerosch, mein guter Spielkamerad, und der Rothgießer und der Fassbinder auch, wir haben Tür an Tür gewohnt in der Auguststraße, und dann getrennt, alle getrennt.
Man hat immer getrennt. Die Eltern von den Kindern, die Männer von den Frauen, die Alten von den Jungen, immer getrennt! Wie sie einen immer anguckten, die Menschen, diese Getrennten, so jämmerlich einsam auf einmal, alleine! Das Herzeleid! Wie sie da standen!

Und die einundvierzig Häuser in der Auguststraße! In einer Nacht alle verbrannt! Da waren doch auch Menschen drin!«
Später hat sie mitgetrümmert. Sieben Pfund wog ein Ziegelstein.
Ja, da guckt sie auch rüber auf mein Papier, ob es richtig da steht: sieben Pfund.

Auch erzählte sie von einem Zug nach Brandenburg, dem wurde am Anhalter Bahnhof täglich ein Güterwagen voller Menschen angehängt. Sie hatte davon erfahren, als ihr Mann im Zuchthaus landete nach einer Kriegsverwundung. Von da an hat man ihm Verweigerung unterstellt, ihn zu Tode geschunden, nach sechsundzwanzig Wochen todkrank entlassen. Das sei 1942 gewesen. In dieser Zeit fuhr sie öfter nach Brandenburg-Görden und hat das gesehen mit dem Waggon. 1944 aber, da seien es drei Güterwagen gewesen, drei Waggons voller Menschen, die man im Laufe des Tages in Berlin aufgegriffen hatte. Die Stadt sei ja voll gewesen mit Flüchtlingen, Kriegsgefangenen, Fremdarbeitern, immerzu seien welche abgehauen, bettelten, baten um Brot, überall Ausweiskontrollen, Polizei. Wer sich nicht ausweisen konnte – gleich mitgenommen! Ein befreundetes Ehepaar hatte von diesem Zug erfahren, die Abfahrtszeit und den Bahnhof, und eines Tages sind sie als einfache Reisende mitgefahren bis Brandenburg-Görden, und da haben sie es gesehen: Drei Wagen direkt an die Lok angehängt, Militär mit Gewehr auf dem Bahnsteig, alles abgesperrt, die Wagen vergittert, von dort wurden Menschen rausgestoßen, alle waren geschoren –

Fremdarbeiter! Kriegsgefangene! Bettler! Ein Flieger in Uniform, die Kokarden abgerissen! Frauen in Arbeitskleidung! Kinder!
Von einem Jungen hat sie gesprochen, halbwüchsig, der war wohl nackt unter einem Kartoffelsack, und der Kopf blutig, rasiert. Ein Russenjunge, so glaubte sie.
Wer auf dem Bahnsteig stand, sei wie erstarrt gewesen.
»Und dann?«
»Angst. Nur Angst. Und wissen Sie, was als Einziges hilft gegen Angst? Lesen. Nur Lesen.«

Darauf stoße ich jetzt! Beim Lesen der alten Gesprächsnotizen!
Und noch etwas steht da, ein Satz, den hat sie mir wörtlich diktiert, die Frau, die als junges Mädchen für Keilichs Spielwarengeschäft die Ware sortierte im Keller, den sollte ich unbedingt aufschreiben:
Aber mit einer Sache am Ende sein, bedeutet es nicht bereits wieder Hoffnung auf einen Anfang? Daneben der Name Galsworthy.

Und das noch: Haben Sie nur immer ein Buch dabei!

Die gelbe Raupe mit dem kleinen Gesicht einer Dienerin – da kommt sie herangeschoben, leuchtend und quietschend in ihren Schienen, hält auch brav in der Nacht, vor dem S-Bahnhof mit dem Namen Marx-Engels-Platz.
Die Türen öffnen sich nicht von alleine, nein – an einem Griff schiebt man sie auf, man schiebt sie auf, steigt dann hoch, und sie wartet solange, fährt weiter, es klappern die Türen, doch allein bin ich nicht.
Es sitzen einzelne Leute in der Bahn und ein schweigendes Ehepaar auch, ja, es schweigt und er schläft schon beinahe, der Mann, bis die Frau ihn anstößt, Ecke Wisbyer Straße.
Hier, an der Ecke vom Hauswirtschaftsladen, ist die Straße sehr breit, und wenn die beiden aussteigen und schwerfällig neben der Straßenbahn herlaufen, dann ist die Bahn auch bald schneller als sie. Schon rutscht die Vinetastraße heran, dann Pankow, der S-Bahnhof und es folgt nun die Kirche, hier steige ich aus.

Da steht nun mein Haus ganz hell in der Nacht, und diesmal steige ich ohne zu zögern die Stufen hoch in dem Mietshaus, denn inzwischen bin ich ja da, bin ganz fest in den Achtzigerjahren.
Es öffnet die Tochter, die große, wie eine Nixe so schön – so schön hab ich sie ja noch niemals gesehen! Ihre Freundinnen sitzen auch in der Küche, Eierkuchen gibt es zum Abendbrot und eine Modenschau, denn sie haben Nachthemden gefärbt in unserer Waschmaschine, und zwar violett, also bitte nicht schimpfen, das Spülwasser war danach vollkommen klar, und man kann sie nun auch so wie

Kleider tragen, ganz wunderbar wird das, ganz wunderbar, ja, und am Sonntag, da fahrn sie nach Prag!

Nach Prag, aber klar. Das machen jetzt alle, und alle fahren per Anhalter hin, sie wird dann das Nachthemd tragen, das violette, und ich soll mich nicht aufregen, darüber aufregen, hat man so etwas Spießiges schon mal gesehen?

Am Morgen dann alles wie immer, und das heißt – mit all den freien Ecken und Bombenlücken, nur eben ruhig. Das ist es. Wir haben hier Frieden.
Von heute aus kann ich es sehen.

Wenn ich früh aus dem Haus gehe, aufstehe von unserm Küchentisch mit den Töchtern – es sind unsere ruhigen Frühstückszeiten und volle Tische und gute Zensuren, unsere letzten gemeinsamen Frühstückszeiten, dann klingeln die Freunde zum Schulweg, und dann geh ich auch.
Laufe durch Pankow, die Kirche, die Straßenbahn – voll mit Menschen, sind alle gewaschen, gekämmt, sie fahren zur Arbeit und lesen die Zeitung dabei.
So fahren wir, ruckeln vorwärts, die Straßen sind laut, aber dann, wenn ich aussteige in dieser Stadtmitte, ist es still, immer still und man hört jeden Schritt.
Wie auf dem Dorf eigentlich, und die Baugeräusche.
Männer rufen sich etwas zu, Ziegelsteine werden aufs Pflaster geschüttet, man hört es von ferne und das jeden Tag. Arbeit. Überall wird gearbeitet.
Ruhig.
Hier hat niemand etwas gegen Juden.
Muss ich danach fragen? Wozu?

Im Café kann das kein Thema sein. Es kann hier niemand etwas dafür.
Wozu die Stimmung verderben? Nur manchmal blitzt es in meinem Kopf – direkt daneben, direkt gegenüber, und dann passt mir hier gar nichts zusammen.

Im Café reden wir über die Neubaugebiete, die grade entstehen, denn viel mehr als in dieser Stadtmitte wird am Stadtrand gebaut. Ein Bauen in großem, in größtem Rahmen ist das, die Häuserquartiere dort draußen, sie wachsen direkt auf der Wiese in riesigen Rechtecken, Würfelgebieten.
Dort draußen, da schaufeln die Bagger, da klappern die Kräne, und in Mitte, da klackern die Hämmer.
Das sieht alles nach Aufschwung aus, nach einem gewaltigen Aufschwung im Osten, warum gibt das den Leuten hier in der Mitte so gar keinen neuen Elan?

Tja, vom Stammtisch will keiner hin, so weit an den Stadtrand und ohne Geschäfte, zu wenig Geschäfte, so hat man's gehört. Und schon sind wir beim Kaufen, beim Einkaufen, ja – Manne war gerade in Westberlin auf Verwandtenbesuch, und da muss er uns etwas erzählen!
Denn als er im Westen war, ist er extra in ein Warenhaus gegangen, um nachzusehen, wie die ihre Abteilungen so gestalten. Eine Kundin von ihm leitet im Warenhaus am Alexanderplatz eine Abteilung, und die hatte ihn darum gebeten. Ob sie dort Raumteiler haben zum Beispiel mit Aufschrift, wo dann Nachtwäsche stehen könnte, Uhren, und so weiter, und wie diese Raumteiler aussehen. Denn sie würde für ihre Abteilung im Warenhaus solche Raumteiler bei ihm bestellen vielleicht.
Na, er hat dort im Westen in den Warenhäusern gesucht und gesucht und gar nichts gefunden!
»Warum?«
Schlau grinst er in der Runde herum. »Warum?«

»Sie brauchen es nicht! Man sieht's an der Ware!«
Alles lacht, man sieht's an der Ware, was da verkauft wird, natürlich!
Man braucht die Überschrift nicht, das Motto, den Titel über den bescheiden gefüllten Regalen, man braucht das nicht, Ende, haha!

Alles lacht, ja, so isses, und ich lache auch, dabei gibt es doch grade die Uhren, die Unterwäsche nun überall immerzu. Nachthemden meterweise an Ständern, grade gestern stand ich davor, warum lache ich denn?
Na, die Grundüberzeugung, sie ist eine andere – es gibt nichts, es gibt nichts –, und das ist ja auch wahr und wiederum nicht, was ich brauche, das hab ich, und doch lache ich auch, weil sie so einfach ist, die Meuterei, und die Eintracht dabei und ein Schnaps noch dazu, ein Schnäpschen, ein Schnäpschen für jeden.
Einmal werden sie übrigens alle dort wohnen, der Manne, die Eva – in den Neubaugebieten des Ostens. Sie werden die Wohnungen gut finden, aber sie werden kein Wort darüber verlieren, kein Wort für den Osten. Und auch da passt mir gar nichts zusammen.

Und übrigens fällt mir da ein: Als Elan noch die Bauarbeiten in der Innenstadt hier begleitet hat, da ging es um ganz Berlin, und da hieß der Elan auch Fortschritt!
Fortschritt, so nannte man damals jedes einzelne neu errichtete Haus sogar, und es war noch der letzte Ziegelstein mit Elan verbunden, Begeisterung also.
Das war am Anfang der Fünfzigerjahre.

In den Achtzigerjahren wussten wir nichts mehr davon. Vergessen.

Satt und gelangweilt, so sitzen wir da, wir können nichts machen. Es ist uns ja alles verboten.
Fast alles, so muss es richtiger heißen, fast alles verboten und spotten, und spotten, verspotten uns selber – nichts wert. Es ist alles nichts wert. Ist das Mindeste, was man verlangen kann.
Und wiederum, dieses Wertlose, es meint doch die Selbstverständlichkeit – es ist wie Natur! Eine Wiese, von der man sich pflücken kann, was man will, wie man will, wenn man etwas findet, und wie die Sonne am Morgen, die klappernde Straßenbahn, auch sie ist für mich wie Natur, und steht dem Menschen Natur nicht auch zu?
Kleine Urmenschen sind wir wohl, lustig berauscht, wenn uns Manne die Kognaks spendiert und immer zum Lachen bereit.

Das ist nicht anders auf der anderen Seite der Spree.

Dort auf der anderen Seite der Spree – wenn ich ihn treffe, den Freund, wenn ich auf ihn warte am Brunnenrand vor dem Lindencorso an einem Werktag, nachmittags so gegen fünf, dann laufen auf den Bürgersteigen der Friedrichstraße unendlich viele Passanten vorbei, es werden die neuerdings riesig verbreiterten Bürgersteige beinahe zu eng für die vielen Menschen nach Dienstschluss aus all den Ministerien, Verlagen und Filmstudios, und sie laufen alle in Richtung Norden zum S-Bahnhof Friedrichstraße.
Dieser eilige Menschenstrom, würde einer darin sich umdrehen, könnte er in Richtung Süden eine Barriere erkennen – dort ist die Straße versperrt.
Derselbe eilige Menschenstrom, wenn er die Straße Unter den Linden überquert, hat auch einen Blick frei Richtung Westen. Links ist da ein hohes Tor zu erkennen, mit Pferdefiguren und einer Kutsche – versperrt.
Aber niemand sieht hin! Diese Menschen, so ernst und gebildet, verantwortlich auch, sie spüren es nicht mehr, wie nahe die Grenze ist.
Hier ist ein ganzer Staat entstanden in einer halben Stadt.
Auch mir, wenn ich so auf dem Brunnenrand sitze und warte, auf meinen Freund warte, verschwimmt diese Tatsache einer halben Stadt wie im Nebel.
Ich hab sie vergessen.

Wenn er dann kommt, dieser Freund, und wir laufen zusammen in eines der Cafés, das Café Praha zum Beispiel, da bestellt er uns beiden zuerst einen Schnaps.
Ja, es schweben am Ende der Achtzigerjahre im Osten Berlins auch auf der anderen Seite der Spree überall diese

niedrigen Schalen aus Glas heran, wie die Pilze auf kurzen Stielen kommen sie angeflogen auf kleinen Tabletts, flache Gläser für Kognak, hier Weinbrand genannt.
Hier, in den breiten Straßen Berlins ebenso wie in den engen, verqueren dort hinter dem Hackeschen Markt, den Straßen wie Trichter, hier rutschen wir rein alle Mann, und wir rutschen auch durch.
Wir spüren es alle.
Es ist da ein Loch, und da fließt etwas ab. Ein Loch im Geiste.
So muss es gewesen sein.
Loch im Geist!

Als ob einer vollen Badewanne jemand den Stöpsel gezogen hat, so fühlt es sich an, dieses Abfließen, dieses Ausdünnen, dieses Verschwinden einer ganzen Kultur, von der man noch gestern geglaubt hatte, dass sie endlos, ja, endlos sich fortsetzt, entwickelt sogar, und – nichts!
Wenn ich neben ihm sitze, dem Freund, spürt er gar nichts davon?
Aber natürlich! Warum sonst fährt er ständig im Lande herum und hält Vorträge, gibt Seminare, und gleich kramt er ein Manuskript aus der Aktentasche, bald wird hier ein Buch erscheinen, es ist eine Faust-Geschichte, oder eher Mephisto in Moskau, das war schon einmal erschienen vor langer Zeit, aber es fehlten da einige Teile, und nun kommt es vollständig, also das ganze!
»Ein Fortschritt! Ein Fortschritt …«
Verstehe ich nicht. Wer will denn den *Faust* heut noch lesen?

Und er soll jetzt mal mir zuhören, mir! Denn ich hab was gefunden – die Juden!
Niemand spricht darüber, aber sie hatten so viel erreicht in Berlin, so viel aufgebaut, schon vor hundert Jahren, und dann sollten sie weg, das war schon vor Hitler so, lange vor Hitler, hat er das gewusst?
»Irina,« sagt er, »Irina«, und will mich umarmen.
Und sogleich beginnt er mit einem Märchen, er will mir ein Märchen erzählen, ein grausames russisches Märchen. Nebenbei kippt er Weinbrand in sich hinein, und so ist es immer. Russische Märchen erzählt er mir. Diesmal von einem Kondratjew.
»Du weißt doch, was wir gelernt haben über den Kapitalismus: An seinen Widersprüchen wird er zugrunde gehen, der Kapitalismus. Er wird daran sterben.«
»Wir lernen es immer noch.«
»Siehst du! In den Zwanzigerjahren aber, in der Sowjetunion, als sie alleine standen gegen die ganze kapitalistische Welt, ausgeblutet und ganz allein, da wollten sie dringend den Zeitpunkt wissen: Wann stirbt er, wann? Kondratjew leitete damals ein Institut der Planwirtschaft, Stalin hat ihn nach England geschickt, nach Frankreich, in die Vereinigten Staaten die Krisen studieren, mit nur einer Frage: Wann stirbt er? Nach zwei Jahren kam Kondratjew zurück und hat einen Text geschrieben, es stand drin: Er stirbt nicht.«
»Er stirbt nicht?!«
»Nein, er erneuert sich. Stalin hat das auch nicht gefallen. Er hat ihn umbringen lassen. Davon abgesehen, es ist doch bekannt: Die Ersten werden erschossen. Naturgesetz.«

So spricht er, mein Freund. Seine Märchen, sie enden ja immer mit Stalin, und lächelnd erzählt er sie jedes Mal, mit starren, glasigen Augen.

»Was hat das mit den Juden zu tun, den Berliner Juden in den Achtzigerjahren des letzten Jahrhunderts?«
»Hast du nicht zugehört? Er erneuert sich! Wodurch? Durch die Innovation!«

Erfindungen also! Erfindungen! Und zwar müsste eine solche Erfindung, die den Kapitalimus aus seinen Widersprüchen rettet, grundumstürzend sein. Grundumstürzend!
Eine, die jede Art Arbeit verändert, sodass nichts mehr bleibt wie zuvor, und wenn so was geschieht, dann wird Geld frei, viel Geld, und Reichtum entsteht und fließt überall hin, immer mehr wollen dann profitieren, schnell, bis eine Grenze erreicht ist – und vorne gibt es keine Abnehmer mehr, aber unten wird nachgeschoben, und so käme er dann – haha! –, der Abschwung!
Und dann würde man Schuldige suchen, logisch.
»Und die Juden, sie waren ja meistens der Motor der Innovation – oder nicht?«
»Für den Börsenkrach könnte das stimmen, im Jahr 1873 in Europa, für den Eisenbahnbau, die Elektrifizierung … Und das soll der Grund sein für so viel Hass?«
»Neid«, sagt der Freund, und gleich zieht er wieder das Manuskript aus der Aktentasche, »Irina! Du kennst doch den *Faust*. Du weißt, worum's geht, zweiter Teil: *Ein Geist für tausend Hände!*«

Das sei es doch gewesen, was Faust am Ende bejubelt, als er hört, wie Tausende Spaten in die Erde schlagen bei der großen Landgewinnung, nicht wahr, aber weil er blind ist, kann er nicht sehen, dass es Sklaven sind, die da graben – und sieht mich bedeutungsvoll an:
»Ein Geist für tausend Hände! Irina!«
»Ein Geist für tausend Hände!«, ob ich nicht begreife, was damit gemeint sei?
»Ss – taa – lin.«
Nur stumm hat er es buchstabiert, dieses Wort, das er nicht aussprechen will, na, und das sei jetzt vorbei!
Von jetzt an für alle Zeiten – der Mensch sei jetzt frei, das würd ich noch merken.

Nein, das wird niemand verstehen, dort drüben im Café.
»Man muss es erklären! Erklären!«

Vielleicht ist er doch verrückt. Und übrigens muss ich auch arbeiten.

Arbeiten muss ich. Treppen hoch, Treppen runter, und fragen und aufschreiben, abends dann aufschreiben, was ich noch im Gedächtnis habe. Das liegt nun alles in Haufen vor mir auf dem Tisch. Vergilbt und vergessen.
Doch wenn ich jetzt lese, dann weiß ich wieder. Ich lese.

Diese Frau zum Beispiel in der Sophienstraße, die mir ihre winzigen Stuben zeigte, diese winzigen alten, die von der Rekonstruktion nun vergrößert werden, aber alle Bekannten hätten doch immer gesagt, wie gemütlich es bei ihr sei, so urgemütlich! Und warum denn nun das? Große Räume?
Und eine andere hat mich verwechselt und glaubt ebenfalls, ich sei von der Rekonstruktion, und endlich hört einer mal zu!
Also sie wartet nun schon den ganzen Tag auf den Handwerker, und gestern genauso.
Ein Tischler, der sollte ein Fenster einsetzen, es war ihr ein neues versprochen worden, und dann kam der erst nicht, und als er dann da war, da hat er nur das alte Fenster ihr ausgebaut und den unteren Teil einfach abgesägt und den oberen mitgenommen! »So wird dann was Neues zusammengezaubert!«
Dieses Fenster – uralt! Sie selbst hat es aus dem Schutt geklaubt nach dem Krieg! Darin die Glasscheiben, die seien noch vom Potsdamer Platz. Woher da genau, weiß sie selber nicht mehr, nur dass sie die Farbe, die daran geklebt hat, wochenlang abkratzen musste.
Das soll ich mir alles mal vorstellen, denn es gab ja kein Fensterglas nach dem Krieg. Und vor einigen Wochen habe sie mit eigenen Augen gesehen, wie Bauleute mindes-

tens vier nagelneue Fenster in einen Lieferwagen geladen hätten, und dieses Auto, das war privat, darauf könne sie schwören, na, und nu? Und schon geht es weiter mit den Fenstern, denn auf der anderen Seite der Wohnung, da haben diese idiotischen Bauleute ihr einen Zementtrichter direkt vor das Fenster gehängt! Da könnte ich auch mal fragen, wie lange das noch so bleiben soll.
Ja, sie hat mich verwechselt, die Frau, so schrieb ich es auch damals auf meine Tagebuchseite, und das noch: Man werde nicht mehr für voll genommen als alte Frau – »das werden Sie auch noch erleben, man wird nicht für voll genommen und Ende, finito, das war's!«
Genauso spricht eine alte Frau in der Großen Hamburger Straße. Da bin ich ein paar Seiten weiter in meinen Tagebuchblättern, bin in dem Haus Nummer 15/16, das ja neben der Nummer 17 gegenüber vom jüdischen Altersheim steht, mit einer Frau verabredet, die ich fragen will, ob sie da etwas gesehen hat, damals?
»Na klar.«
Ganze Prozessionen von Menschen seien in den Jahren von 1942 an die Bürgersteige hier langgelaufen. Und wenn sie verladen wurden, und das sei am helllichten Tage gewesen, da hätten die geschrien und manche sich auch gewehrt, das hat wohl bedeutet, sie wussten schon, was ihnen geschehen würde.
Der Bürgersteig vor dem Altersheim sei jedes Mal gesperrt gewesen und Bewachung ringsrum. Von einer Familie Budzislawski spricht sie auch, Geflügelhandel in der Dircksenstraße, die hätten in dieser Wohnung hier vor ihr gewohnt, und seien dann weggekommen.

»Die kamen dann weg«, das ist allgemein hier die Ausdrucksweise für den Sachverhalt Mord. Auch ein Pole zum Beispiel, ein Fremdarbeiter, der hatte in Kartoffelschalen herumgesucht, ob noch eine Kartoffel dazwischen liegt, und war erwischt worden und kam dann weg. Aber solange noch Budzislawskis Möbel hier in der Wohnung standen, konnte ihre eigene Familie nicht einziehen. Eine Firma aus der Potsdamer Straße hat die Möbel jedes Mal abgeholt, aber die kamen nicht nach, so viel gab es zu tun. Im Mai mussten die Budzislawskis raus, und im November konnte ihre Familie erst rein. Eine Fußbank habe die Firma stehen lassen, vergessen wahrscheinlich.
Diese Fußbank hat sie noch jahrelang aufgehoben für die Leute, ist wenigstens ein Andenken, hat sie gedacht, aber die kamen nicht mehr.
Nur ein Freund von dem Sohn, habe öfter geklingelt und gefragt, ob sein Freund schon zurück sei. Ein anderer wiederum aus ihrem Haus, ein Junggeselle, der habe als Halbjude die ganze Nazizeit überlebt, und als es dann vorbei ist, springt der aus dem Fenster!
Das steht alles zusammen auf einer Seite, dazu noch ihre Behauptung, felsenfeste Behauptung, dass es die SS war, die alle vier Eckhäuser weggesprengt habe, und das Altersheim auch. Es sei in der Straße überhaupt nur am Mittelteil von ihrem Haus Nummer 15/16 ein Bombenschaden gewesen und eine Brandbombe fiel in das Haus nebenan, also die 17. Aber die wurde schnell gelöscht.
Und wie sie alle sich fürchteten damals, wenn sie in den Kellern saßen, wegen der Gasleitungen im Haus, dass die nicht getroffen werden, und von der Hilfsbereitschaft un-

tereinander spricht sie, die sei riesengroß gewesen. »Wer etwas zum Essen gehabt hat, der hat auch geteilt. Na, und wenn nicht, den hätten die Leute damals erschlagen, denn ein hungriger Mensch, auweia! – ich habe erlebt, was ein hungriger Mensch ist, auweia!« So redet sie, und das halte ich aus, so wie sie es aushält in ihrem Kopf.

Nein, ich halte das doch nicht gut aus, das sehe ich jetzt. Warum sonst geh ich zwischendurch immer zu Manne, in die 17 also, das kleine Haus?

Der kommt auf den Seiten, die ich jetzt grade lese, erst aus dem Bett, so mittags um elf – nein vom Sofa natürlich! Wenn es spät wird am Abend, schläft er im Büro.

Riecht nach Zwiebeln, der Tischlermeister, hat glasige Augen. Kauend an einem Hackepeterbrötchen sagt er, das sei sein Frühstück heute.

Kein Betrieb könne ihm so etwas bieten, und der Großbetrieb nun mal schon gar nicht, in dem er zuletzt war und wo sie ihm alle möglichen Perspektiven angepriesen haben. Was seien das denn für Perspektiven, immer mehr Chef sein und immer höher steigen womöglich, und die Verantwortung auch, und das Menschliche, so wie gestern die Feier hier in seinem Büro für den Sohn, weil der die Schweißerprüfung bestanden hat, na, das kommt da natürlich unter die Räder.

»Und dann wird es mal spät – na, und wenn?«

Aber geärgert hat er sich heute auch schon, denn der Suffkopp hat ihm ein Werkzeug kaputt gemacht. Das soll ich mir ruhig mal angucken, wie der da steht, und nicht weeß, was er soll!

»Milieustudie! Von so was habe ick nicht mal im Traume gewusst als braver DDR-Bürger, früher, was ich hier so erleben würde.«
Es klingt regelrecht wonnevoll, wie er das sagt und stolz dabei über seinen Hof schreitet und rein in die alte Werkstatt.

Da steht der Trinker, der mir einmal etwas erzählen wollte über die 17, da steht er an einer Stanze und unter ihm in einer Kiste der kleine Hund. Die Biene!
Da liegt sie und wackelt mit ihrem Schwanzstummel.
»Biene!« Sie freut sich.
Das stört Manne jetzt, diese Ablenkung, und er weist noch einmal auf die Freiheiten hin, die so ein Kleinbetrieb habe. Wo könne in einem Großbetrieb ein Suffkopp sich noch seinen Hund mitbringen? Der Mann habe hier schon im Rinnstein gelegen, nur aus Mitleid hat Manne ihn eingestellt, das sei seine soziale Tat. Und dann zeigt er mir noch, dass genau an der Stelle hier unter den alten gemauerten Bögen das Sandmännchen früher einmal so etwas wie ein Wohnzimmer hatte: »Hier stand die Liege, hier stand der Sessel, und quer durch den Raum hatte der sich auch noch Leinen gespannt zum Trocknen der Wäsche! Det jeht! Jeht allet!«, ruft Manne.
Und genauso steht es auf meinen vergilbten Blättern und dass wir im Café dann später die politische Lage besprechen.

Wenn ich weiterblättere, fällt mir eine Zeichnung auf, mit Kugelschreiber sind da fünf Straßen gezeichnet, die an einem Punkt sternförmig zusammenlaufen.
Der Rosenthaler Platz!
Überall an den Rändern der Straßen sind kleine Kästchen eingezeichnet und beschriftet: *Commerzbank*, wo an der Ecke zum Weinbergsweg sich heute die Apotheke befindet, gegenüber auf der anderen Ecke steht *Warenhaus Feder*. Gegenüber davon, wo heute ein Zeitungsladen ist, steht *Deutsche Bank*, und davon gegenüber direkt auf der Ecke zur Wilhelm-Pieck-Straße, die heute Torstraße heißt, *Aschinger*. Das ist diese Kneipe mit den zwei Etagen, die auch in unseren Achtzigerjahren eine Kneipe geblieben war, nur dann eben namenlos.
Ich lese.

Und schon sehe ich mich im Treppenhaus der Großen Hamburger Straße Nummer 32 an allen Türen klingeln im Januar, und kalt ist es, kalt, aber ich will doch wissen, ob sich noch jemand an Franz Pretzel erinnert. Doch alles bleibt still in dem Haus, alle Türen verschlossen, aber dann öffnet sich doch eine Tür.
Auch hier eine alte, sehr alte Frau, die dann mit mir eine kleine Führung veranstaltet – zum Rosenthaler Platz und dann rein in den Weinbergsweg, denn ursprünglich hatte sie dort gewohnt. Ihre Mutter war Hebamme und kam nach Ravensbrück. Denn unter den Nazis durften deutsche Hebammen jüdischen Frauen nicht helfen bei der Geburt, und das hat sie nicht übers Herz gebracht.

»Nicht zu kommen, wenn man gerufen wird! Als Hebamme!«
Jemand hat Mutter angezeigt. Sie ist nicht wiedergekommen.

Von der Mutter dürfte sie eigentlich gar nicht reden, ihre Kinder verbieten ihr das, weil es sie aufregt, sie denkt dann die ganze Nacht dran, es wird immer schlimmer, erzählt sie, denn es hat keinen Abschied gegeben.
»Keinen Abschied!«
Das habe sie nie verwunden, und eigentlich warte sie heute noch. Dabei habe sie es doch schriftlich bekommen – die Todesurkunde. Und dann stehen wir im Weinbergsweg vor dem Haus Nummer 2.
Sie zeigt auf vier Bohrungen in der Wand gleich neben der Hausstür – die Spuren von Mutters Namensschild.
»Anna Krüger. Ist so hübsch, der Name, nicht wahr?«
Sogar eine Nachtklingel habe das Schild gehabt. Die meisten Kinder kämen doch nachts.
Am Tage hätte die Mutter meistens geschlafen oder Besuche gemacht, vier Kinder seien sie gewesen, der Vater war 1918 im Krieg geblieben.
»Wir mussten uns viel alleine machen, haben auf der Straße gespielt und nur selten mal Geld für uns bekommen von Mutter. Taschengeld gar nicht.
Nein, früher ist es nicht schöner gewesen! Überlegen Sie mal! Wer arm war, für den war es nicht schöner.«

Ich lese.

Ich sehe uns den Weinbergsweg ein Stück nebeneinander laufen im Januar, Schnee auf dem Straßenpflaster, an einem Imbiss vorbei, der gerade eröffnet wurde unter dem Namen Klinkerstube, die Frau aber spricht von Wiebecks Weinstuben früher in diesen Räumen, und ein Walhalla-Theater hätte es hier auch gegeben, aber wo nun genau, das weiß sie nicht mehr.

Auf der anderen Seite vom Weinbergsweg habe das jüdische Waisenhaus gestanden, und wie sie auf all die leeren Flecken zeigt, wo ich hier seit so vielen Jahren nur die Grünanlagen des Parkes am Weinberg kenne, da wird mir erst klar, was hier zerstört ist. Alles.

»Fragen Sie nicht!«

Keiner könne sich das vorstellen, und wer das tue, der sei ein Sadist, und sie würde sich sofort umbringen, wenn es noch einmal Krieg gäbe, da könnten ihre Kinder denken, was sie wollten, so spricht sie und zittert dabei, das steht auch in meinen Papieren, und dass wir uns dann Ecke Brunnenstraße verabschieden, denn ich will sie nicht weiter quälen. Mich auch nicht.

Und doch geht es weiter in meinen Notizen, diesmal im Krankenhaus Sankt Hedwig. Dort bin ich noch gar nicht gewesen.

Das Krankenhaus hatte sich nach und nach Boden gekauft in der Großen Hamburger Straße und gebaut. Auch der Tischler Fränkel hat irgendwann sein Haus und den Garten der Nummer 11 an den Orden verkauft.

Im Jahr 1846 ging es los mit der ersten Krankenpflege der

Schwestern vom Orden der Borromäerinnen aus Trier in dieser so armen und protestantischen Gegend, und gottlos natürlich, die vielen Proleten! Die Dissidenten!
Bis zum Jahr 1900 wurde Schritt für Schritt gekauft und gebaut.

Beinahe hundert Jahre später, an meinem Ende der Achtzigerjahre konnte ich mir im Stadtarchiv die Grundstücksakten der Häuser bestellen, die vorher da standen, die also schon lange abgerissen waren. So hatte ich von dem Tischler Fränkel erfahren und von einem Herrn Glück aus dem Haus Nummer 9, der neu bauen wollte, aber seine Bauzeichnungen zuletzt aus einem Sanatorium abgeschickt hat, und dann gar keine mehr, und von einem Lehrer Jourdain, nach dem wird gefahndet wegen Baufälligkeit seines Hauses Große Hamburger Straße 6: *Der Jourdain befindet sich vermutlich in Frankreich,* und wenn ich das lese, ist das Krankenhaus Sankt Hedwig schon ein Riesenkomplex mit Innenhöfen und mehreren Ausgängen.
Ein Schwesternhaus gibt es auch und eine Marienkapelle. Ihretwegen gehe ich manchmal einfach vorbei an der Anmeldung vorne im Haupteingang, damals geht das, geht alles – Tür und Tor steht hier offen im Osten, und so laufe ich wortlos aber geschäftig vorbei an der Anmeldung, betrete die Höfe und suche die kleine Marienfigur.
Immer gleich steht sie da, still und anmutig. Und immer geht Licht von ihr aus.
So kommt es mir vor. Da erhole ich mich. Ebenso wie vor der lateinischen Schrift an Franz Pretzels alter Fabrik. Einmal durchatmen! Luft kriegen! Luft!

Die vielen Kranken will ich nicht sehen, nicht mal an sie denken, das ist mir zu viel, die Schmerzen, das Leiden, ich will hier nur denken, sie werden gesund.
Sie werden gesund, und dann gehen sie nach Hause und wieder zur Arbeit, genauso wie ich.

Als ich im Krankenhaus Hedwig nach der Vergangenheit frage, verweist man mich an eine der älteren Ordensschwestern. Es ist Schwester – keine Namen! Keine Namen!
Diese Schwester, seit fünfzig Jahren gekleidet in die graue Tracht einer Schwester vom heiligen Karl Borromäus, in ihrer so ruhigen Weise nahm sich Zeit, um vom Krieg zu reden.
Nur davon wollte sie sprechen, und immer leiser werdend erzählte sie von dem Schmerzensgebrüll hier in den Fluren. Die Schreie!
Denn im Krieg sei das Krankenhaus Lazarett gewesen wie gegenüber die Schule auch – die ehemals jüdische Schule – auch sie Lazarett und die Not und die Schreie. Es seien doch junge Männer gewesen, gesunde Männer, die auf einmal in Todeskämpfen hierher gebracht wurden, und immer hätten sie nach der Mutter gerufen.
An einen Soldaten müsse sie immer noch denken, blutjung, der verstand, dass er jetzt im Sterben liegt und konnte an Gott nicht glauben!
In der letzten Stunde nicht glauben zu können – was für ein Unglück!

Aber ihm da nicht helfen zu können genauso, nicht wahr?

Auch erzählt diese Ordensschwester, sie habe sich am 9. November 1938, in der Kristallnacht also, gerade in dem Haus befunden, das an das Grundstück der Oranienburger Straße 26 grenzt, und habe von dort aus direkt auf die brennende Synagoge sehen können, und die Oberin damals habe sie weggeschickt. Weg vom Fenster!
»Machen Sie sich nicht zum Zeugen!«, habe die Oberin gesagt.

Ich lese und weiß, heute weiß ich, es kann nicht stimmen, dass es die Synagoge war, die sie brennen sah in dieser Nacht, denn als der Brand schon gelegt war, haben Polizeiwachtmeister ihn löschen lassen. Der Satz der Oberin wiederum: »Machen Sie sich nicht zum Zeugen!«, der wird wahr sein, auf jeden Fall wahr.
Aber was war es, was die Schwester gesehen hat auf dem Grundstück der Oranienburger Straße Nummer 26? Auch sagt die Schwester mir damals, und das sagen andere auch, dass im Krankenhaus Menschen versteckt worden seien, operiert, auch Juden darunter, um nicht auf Transport gehen zu müssen, aber wenn ich ganz deutlich werde und frage, was sie dazu sagt – die vielen Morde! –, da sieht sie mich klar und gerade an: »Diese Menschen kommen direkt ins Paradies!«

Auf der gleichen Tagebuchseite steht auch noch, dass ich mit einem Freund in der Klinkerstube sitze, jeder kauend an einem Wurstbrötchen, und dieser Freund sagt: »Man ist so ein Arsch, dass man noch hier ist, im Osten. So ein Arsch!«

Wenn ich nachts aus dem Café komme, dann ist es ruhig in der Großen Hamburger Straße, wo damals, an meinem Anfang der Achtzigerjahre, neben der Handelsschule, und das ist die ehemals jüdische Schule, eine Turnhalle steht und dahinter die Bäume.
Der Park.

Und nicht einen Schritt muss ich weg vom Café mich bewegen, um das im Dunkeln mir vorzustellen damals, vor zweihundert Jahren, ganz ohne Straßenlaternen.
Und doch kann man vom Café aus die Ecken vorne zur Oranienburger Straße erkennen: Links zwei niedrige Häuser. Das sind die beiden Gemeindehäuser, das eine mit zwei Etagen, das andere eingeschossig.
Auf der Ecke gegenüber, auf dem Grundstück Nummer 23, steht auch ein Haus. Aber das ist nicht Keilichs Spielwarengeschäft. Es ist das Haus von dem Bierbrauer Eckert. Eckerts Brauerei.

Zwei klobige Ecken aus Häusern da vorne. Fest und still in der Dunkelheit.

Und wie später Keilichs Spielwarengeschäft zieht sich Eckerts Brauerei rechts um die Straßenecke herum in die Oranienburger Straße hinein. Eckerts Nachbar dort ist der Bierbrauer Granzow mit dem Gasthof Zum schwarzen Roß.
In der Großen Hamburger Straße besitzt Eckert auch noch ein Grundstück – die Nummer 22, sein Nachbargrundstück. Das ist auch bebaut. Auf einem Straßenplan

von 1804 sieht man deutlich ein Kästchen, gelb ausgemalt.
In Richtung unseres Cafés folgt das Bürgerhaus eines Herrn Kreiß, dann der Bierbrauer Zahl, dann ein Schlosser und schon sind wir an der 17.
Ebenfalls eine Gastwirtschaft im Jahr 1800. Daneben das Wort *Tabagie.*
Wie ein Zauberwort kommt mir das vor: Tabagie.
Tabagie im Garten.

Das stand jedes Mal bei einer Gastwirtschaft, in der geraucht werden durfte.
Das musste wohl separat erfolgen?
Auf jeden Fall konnte man sich in der 17 im Jahr 1800 immer noch eine Pfeife mit Tabak bestellen. Im Freien war's ja verboten worden zu rauchen, erst die Revolution von 1848 hat es wieder erkämpft. Bis dahin gab's Tabak nur in der Apotheke oder eben am Tresen mit Pfeife dazu in einer Tabagie.
Gegenüber vom Haus Nummer 17 stehen gleich zwei Wirtshäuser, die kennen wir schon – Deutsche Krone und Hamburger Wappen. Und das ist nicht alles!
Was man vom Café aus nur ahnen kann, nicht mehr erkennen, das ist die gegenüberliegende Straßenseite der Oranienburger Straße, vor der die Große Hamburger Straße endet.
Und dort auf der anderen Seite der Straße hat sich im Jahr 1800 das Corsica ausgebreitet, ein Gartenlokal!
Ja, läuft man damals auf das Ende der Großen Hamburger Straße zu, dann läuft man nicht auf eine Wand aus Miets-

häusern zu wie später und wie auch noch zu unserer Zeit, sondern es sind dort Gärten, ein Gartenlokal!
Riesengroß, über drei Grundstücke zieht es sich hin, das Corsica. Daneben in Richtung zum Hackeschen Markt ein Bäcker, ein Tabakhändler, ein Destillateur und noch eine Gastwirtschaft!

Eine Kneipe neben der anderen hier im Jahr 1800, wie haben sich da die Juden gefühlt?
An drei Seiten von dem Gemeindehaus Kneipen! Sie trinken doch nicht.
Das tun sie wohl nicht, und das trennt sie.
Das trennt sie gewiss von den anderen hier – der fehlende Suff.
Aber der Tabak verbindet doch, oder?

Ein Pfeifchen gefällig?

Die 17. Wenn ich nachts aus dem Café komme, dann ist die 17 wie immer das erste Haus auf dem Wege zur Straßenbahn. Hier sind alle Fenster schon dunkel.
Im offenen Torweg erkennt man den Hof. Wie hell der aussieht!
Nur einmal noch rein in den Durchgang, leise.
Kein Mensch zu sehen, auch das Hundchen schläft, und nun zur Tür vom Aufgang zur ersten Etage – verschlossen?
Verschlossen. Na, so was.
Es ist still im Hof, alles still.
Aber hell ist es, hell!
Der Mond?
Tatsächlich zum Lachen ist das, kaum zu glauben, da oben, da hängt er wie früher – der Mond. Wie früher, das heißt wohl, ich kenne das nur von romantischen Bildern und habe selbst niemals nach oben gesehen.
Liegt da schon der Fehler?

Der Mond.

Er beleuchtet den Hof, dieses Viereck aus Wänden und Schuppen, und was da zum Holzlager rollt in dem Licht so wie eine Kugel, das ist eine Maus.
Ein mondbeschienener Hof also gerade in diesem Moment in der 17, wo ich hier stehe – wann?
Am Ende unserer Achtzigerjahre?
Der Boden vollständig asphaltiert, die Tore der Werkstätten hinter mir, in denen das Sandmännchen einst seine Stanzen stehen hatte, sind geschlossen und die Fens-

ter der Duschräume dunkel. In der ersten Etage steht oben ein Flurfenster offen, und der Glasbalkon vor dem Fechtsaal mit seinen verrosteten Streben ist leer. Zieht eine Wolke jetzt vor den Mond, ist der Zauber dahin.
Aber es ist keine Wolke dort oben zu sehen, nur riesenhaft, kreisrund, der Mond und hier unten sein Licht und die Stille dazu.
Tabagie im Garten.

Es hatte hier in der 17 also zuerst nach Tabak gerochen und erst später nach Röstkaffee.
Wo wird sie gewesen sein, die Tabagie?

Im Garten.

Aber da sehe ich was!
In der letzten, der hintersten Ecke des Hofes, da ist keine Wand, nein, da ist ein Stück Zaun!
Ein uralter Rest von einem Holzzaun wie früher einmal.
Eine Pforte.
Und ich hatte gedacht, der Zaun um das Grundstück vom Haus Nummer eins, diesem Lagerplatz Rohre, wäre seit über hundert Jahren der erste Zaun hier in der Straße.
Falsch.
Das war falsch.

So lässt sie sich öffnen, die Pforte?
Jawohl.

Der Boden dahinter liegt tiefer, man steigt eine Stufe hinab, nur eine, dann steht man auf Grasboden, nicht auf Beton.
Und Mondlicht natürlich, es scheint hier genauso. Der Boden ist hucklig.
Nur Schritt für Schritt geht es hier vorwärts.
Ich halte mich links, zur Oranienburger, weit kann es nicht sein bis dorthin, und die Luft hier ist frisch auf den Wiesen, weiter Raum irgendwie, und was heranweht, das riecht auch nach Pferd und nach Schwein und vor allem nach Flieder, die Hecken sind Fliederhecken, bemerke ich jetzt, natürlich – die Gärten. Auf den Karten, da steht es ja: *Garten.*
Und immer ein Name daneben – *Justins Garten, Friedels Garten, Voglers Garten.*

So viel Platz hier im Mondschein, die ganze Krausnickstraße passt später mal auf die Wiesen, ich weiß es, aber jetzt hier im Mondschein, da sieht es noch wild aus, wie Wasser zwischen den Hecken, so kraus und bewegt und weit vorne hebt sich etwas heraus in dem Glanz – ein Haus?
Nein, zu groß für ein Haus ist das Ding da, zu breit und zu hoch, doch je näher ich komme: Glatter Stein, heller Stein, Säulen dazwischen und hohe Portale, die Fenster in Bögen gerundet, die Klinken vergoldet, das kann doch nicht wahr sein – ein Schloss!

Es steht hier ein Schloss auf der Wiese.
Monbijou!

Und ich hatte immer gedacht, das sei nur der Name des Parks hier an dieser Stelle.
So ist das also, im Mondlicht: Niedrige Häuser, ein Schloss an der Spree. Monbijou.
Breit gezogen ist dieses Bauwerk, ja, regelrecht flach, wenn ich erst mal davorstehe, und Stufen führen hinauf?
Nein, sie führen hinunter, zum Wasser.
Die Spree.

Wie sie rauscht in der Nacht. In dem Licht noch dazu.
Und wo bin ich, in welcher Zeit?
Auf jeden Fall noch vor den Achtzigerjahren, den Achtzigerjahren in Pretzels Jahrhundert, denn der weite Platz bis hin zu den Grundstücken der Oranienburger Straße ist frei, erst vom Jahr 1860 an wird darauf eine ganze Straße entstehen, die Krausnickstraße, aber jetzt noch nicht, in dem Jahr 1800, von dem mein Stadtplan berichtet, sonst hätte ich hier nicht durchgehen können, über Wiesen zum Schloss, ja, und nun?
Wieder zur Straßenbahn?

Nein. Ich will jetzt im Mondlicht weitergehen, diese alte Oranienburger Straße entlang bis zur Friedrichstraße, denn die gibt es ja schon, die gibt es schon lange, und jetzt will ich sehen, was damals dort steht.
Ich laufe und laufe und sehe – auf der rechten Seite ist die Oranienburger Straße schon gänzlich bebaut! Haus neben Haus eng bebaut!

Und was soll ich da sagen?

Ein Weinhändler und ein Branntweinbrenner, ein Viehmäster und ein Reserveleutnant, drei Maurermeister, ein Zimmermann und Adermanns Tabagie, ein Schlosser, ein Fischhändler, ein Controlleur, ein Viktualienhändler, das sind hier die Hausbesitzer, und ganz zuletzt die drei Grundstücke an der kurzen Ecke von der Oranienburger Straße, dort, wo sie zusammenfließt mit der Linienstraße, diese ganze Ecke ist in drei Grundstücke eingeteilt, und alle drei gehören einem Schlächter – dem Schlächter Eger!

Was wird der für herrliche Schinken verkauft haben! Wie wird es nach Räucherwurst gerochen haben, hier, an der Ecke Friedrichstraße! Ich darf gar nicht dran denken, und gegenüber?
Ein Holzlager ist dort eingetragen, Bauholz vermutlich, und jetzt tret ich den Rückweg an in Gedanken und zwar auf der anderen Seite der Oranienburger Straße, und auf dieser Seite ist alles noch frei.
Das Unbebaute, auch hier nennt sich's Garten: *Runges Garten, von Bülows Garten, Fickerts Garten, Kagels Garten, Friedels Garten, Justins Garten.*
Erst kurz vor dem Schloss stehen einige Häuser, fünf an der Zahl. Sie gehören einem Kriegsrath, einem Capitain der Artillerie, einer Witwe mit Tabagie, und der Loge der Freimaurer.
Ein Bierbrauer ist ebenfalls Hausbesitzer. Erst dann folgt das große Parkstück mit Schloss.
Dahinter geradeaus weiter zum Hackeschen Markt geht es vorbei an den drei Grundstücken der Gastwirtschaft Corsica und an den vier Grundstücken von Treubrodts

Gastwirtschaft auch, dazwischen ein Kriegsrath, zwei Bäcker, ein Destillateur und schließlich auch noch ein Bankier mit jüdischem Namen, also vormals ein Leihhaus wahrscheinlich, und ein Friedländer hat hier den Tabak verkauft. Er wohnt gegenüber vom jüdischen Krankenhaus, und er handelt damit.
Von wegen: Hier war Preußen!
Der Bauch von Berlin wird hier gewesen sein, von mir aus der preußische, bitte.
Nun also – zur Straßenbahn.

Aber da ist keine Straßenbahn.
Im Mondschein der Hackesche Markt ist ein gepflasterter Platz, mit vier schiefen Seiten aus niedrigen Häusern, die Fenster sind dunkel.

Oh!

Kein Ausgang, kein Ausgang. Das Jahr 1800.

Also zurück jetzt?
Zurück in die 17? Die Tabagie?
Der Friedhof? Ein Park?

Die Kammer!

Es muss sie da auch schon gegeben haben, im Jahr 1800 – denn die 17 ist früher erbaut, lange vor diesem Jahr 1800, und die Kammer, die Kammer –, schon bin ich zurück auf dem Hof, im Mondlicht geht alles ja auch wie von selbst, die Tür war doch verschlossen, vorhin?
Die Tür in das kleine Treppenhaus?
Aber da kommt er mir schon entgegen, der kleine Mann. Hab ich den gesucht, diesen hässlichen Kerl, diesen alten, mit seiner krächzenden Stimme?

»Sie schon wieder! Sie ... was suchense denn?«
»Den Anfang! Ich kann hier den Anfang nicht finden! Und immer ist alles vergangen! Erst ist die 1 auf der Ecke Oranienburger und gleichzeitig dann unten, und dann taucht zweimal die 1 auf als Nummer 11, als eine Synagoge, und wieder abgerissen, und wo zuletzt noch die 1 war, da liegen nur Rohre, ist ein Lagerplatz Rohre, und die anderen Ecken ...«
»Ääh!«, unterbricht er mich, »Se wolln ä Haus an de Zeit binden, Sie!
... ä Haus an de Zeit wie de Ziege an' Strick? So ne Trine! Gebense mir mein Buch zurück!«
»Nein.«
»Nääää?«, ruft er da, und das immer wieder: »... Nääää?«

»Nein«, sage ich, weil ich jetzt trotzig bin, »ich will noch drin lesen.«
»Leeesen«, sagt er so langsam, »dis könnse doch gar nicht, dis könnense nicht …«, und da lacht er schon wieder so krächzend. »Na, da guckense wenigstens! Guckense rüber, wennse nich lesen können, Sie! Da! Könnense sehen?«

Und richtig, kaum fass ich den Park gegenüber ins Auge, seh ich vorne ein Haus stehen, ein gewöhnliches Mietshaus mit schmalen Fenstern und hinter den Fensterscheiben Gesichter. Gesichter am Fenster.
Das jüdische Altersheim.

Ich will sie genauer betrachten.
Das wollen sie nicht.
Wollen nicht, dass ich näherkomme, womöglich?
Nein, weggehen soll ich.

Hau ab, du! Verrecke, verschwinde, ahoi!
Hast du das Wort denn noch niemals gehört – Totenruhe – das Wort?
Leb dein eigenes Leben und lass uns in Ruhe!
So tönen sie, tönen sie, lautloses Rufen: Gehe du in dein eigenes Leben!

»Sehnse.«
Das war jetzt das Männchen, das kleine, »nu gehnse schon. Gehnse.«

Weg ist er. Und bin ich nun in der Kammer oder nicht? Wo bin ich denn überhaupt?

Am Hackeschen Markt in der Nacht. S-Bahnhof Marx-Engels-Platz.

Die gelbe Raupe – da kommt sie herangeschoben. Leuchtend und quietschend in ihren Schienen, hält auch brav vor dem Durchgang unter dem S-Bahnhof. Die Türen öffnen sich nicht von alleine, nein – an einem Griff schiebt man sie auf, man schiebt sie auf, steigt dann hoch, und sie wartet solange.
Eine Fahrt kostet zwanzig Pfennige. Egal wie weit und wie lange man fährt, zwanzig Pfennige, die wirft man in eine Art Kaffeemühle, wo das Geldstück noch sichtbar bleibt unter Glas, bevor man es selber durch Abreißen eines Stückchens Papier von einer Banderole weiterschiebt, ein Stück weiter heran an ein Loch in der Geldkiste, in der Kassette, die sich darunter befindet. Das ist Handbetrieb, einfach und billig. Wir fahren.
Wir ruckeln und quietschen um Ecken herum in die Neue Schönhauser Straße, und links herum dann über den Alexanderplatz, und da sieht man – es brennt oben noch Licht im Berliner Verlag, da brennt immer noch Licht, ja, es ist Nacht in der Straßenbahn, aber Mitternacht nicht.
Noch hat nicht die Stunde geschlagen, in der die Pferde von Aschenputtel wieder zu Mäusen werden und das Brautkleid zur Küchenschürze, wir fahren und halten auch ab und zu, und jedes Mal klingelt die Glocke beim Anfahren, jedes Mal klingelt sie – Bing!
Die Prenzlauer hoch und vorbei am Planetarium rechts – aber wenn draußen jetzt rechts hinter dem Bürgersteig das Planetarium vorbeifuhr, dann sitze ich nicht in der richtigen Bahn, nicht in der richtigen, nein! Und wirklich erscheinen jetzt hunderte Fenster, quadratisch und klein in

glatten Fassaden, nicht bröckelnd und alt, und so geht es weiter, das kenne ich nicht.
Ach, ich bin verkehrt eingestiegen.

Also steige ich aus, und ich fahre zurück.

Mariola.

Da liegt der Platz vor dem Bahnhof so dunkel wie immer, eine Laterne beleuchtet die freien Eckgrundstücke der Großen Hamburger Straße, die Pfützen sind genau zu erkennen, über den leeren Ecken, und auf dem Grundstück Nummer 26 fehlt wie immer das Altersheim.
Wie wird es da drinnen gewesen sein? Hat mir keiner erzählt.
Ja – wer auch?

Da fällt mir ein, die da drinnen, die hatten alles abgeben müssen, bevor sie hier eintrafen, in der Großen Hamburger Straße – die Möbel, die Kleider, die Bettwäsche, Messer und Gabeln. Jedes einzelne Stück mussten sie in Listen eintragen, das wurde dann durchgezählt, damit ja kein Betrug stattfindet bei der Übergabe, und die Haustiere mussten sie selber zu einer Stelle bringen, wo die weggegeben oder getötet wurden. Es war keinem Tier zuzumuten, beim Juden zu leben, so war das und so wurde es auch verbreitet. Der Wahn.
Hexenwahn.
Das war Hexenwahn.

Haben wir den noch gespürt im Café gegenüber?
Ich schwöre mal: Nein.
Wie mit dem Zauberstab war er weggeschoben: *In die Ecke, Besen, Besen!*

Und alles erwacht aus dem Traume?

Und da ist immer noch Nacht, und der Platz ist natürlich leer von dem Altersheim.
Jedoch in der Dunkelheit jetzt, da weiß ich plötzlich, was sie drinnen denken: Wenn ich doch weggehen könnte!
Ja, das denken die dort drinnen, das dachten sie einst, das ist ja ganz klar, und ich vor dem Haus, ich kann es doch.
Ich kann gehen.
Tatsächlich – ich bin doch frei. Also tu ich den Schritt!

Ein Dieb läuft so langsam, mit derart empfindlichem Rücken. Es ist das Normalste, was er hier wagt – einfach die Straße entlanggehen, das Verbotenste auch – sich entfernen mit vollen Taschen!
Ja, meine Taschen sind voll, voll Stimmen und Bildern und Fotografien, Papier mit Geräusch und Licht und mit Lachen sogar und mit Zuversicht, Eile!
Wie spät ist es jetzt in dieser Geschichte?

Und ich sitze immer noch über den Stapeln Papier, aber nun habe ich etwas entschieden:
Ich gehe. Ich gehe die Sehnsucht erfüllen der weißen und leeren Gesichter vorhin, dort hinter den Fenstern vom Haus Nummer 26.
Ich will geradeaus gehen, es geht gar nicht anders, nach vorne, nach vorne, da steh ich nun wieder am Lagerplatz Rohre, der Eins. Am Haus Nummer eins.

Das Haus Nummer eins steht im Regen, im Schnee,
ein Eckhaus, ein Dreckhaus, wer kommt aus der Tür?
Ist einer noch drinnen, ist einer noch hier?
Nichts.

Raus hier! Nur raus aus der Straße, nicht immer hier stehen bleiben.
Nein, halt. Noch einmal zu Eva, nur einmal zu Eva noch hoch!
Ich klopfe und klingle, und sie ist auch da, und sie freut sich wie immer:
»Komm rein!«
Nachts kann sie nicht schlafen, hat alles schon dreimal gepackt, alle Listen schon ausgefüllt, alles abgemeldet, ihr Konto und alle Versicherungen. Gepackt und verkauft, ihren Plunder, das bisschen, denn sie weiß seit einigen Tagen, dass sie ausreisen darf, in den Westen nun gehen, aber wer nach Westen geht, in die Richtung, geht für immer, darf nie mehr zurück, so ist das Gesetz, aber das ist ihr egal, das weiß sie seit Langem, doch den Tag weiß sie nicht!
Weiß den Tag nicht.
Sie ist also nirgendwo – hier nicht und dort nicht, sie hält das nicht aus, diesen Schwebezustand.
»Ist'n Witz, oder? Wer sich entscheidet, fällt erst mal ins Loch, haha!«

Ich gehe ans Fenster dort oben im Hinterhaus mit meiner Tasse Kaffee in der Hand, die mir Eva ja längst schon gebrüht hat, trete also ans Fenster, und sehe hi-

nunter auf die Ecke von der Großen Hamburger Straße, den Lagerplatz Rohre, die Grundfläche von dem Haus Nummer eins, und auf die andere leere Ecke dort gegenüber – aber Moment mal, da steht etwas – eine Baracke.
Natürlich! Wie konnte ich das vergessen?

Wo einmal das letzte Haus von der Großen Hamburger Straße gestanden hat, die Hausnummer 41, stand eine Baracke.
Eine flache Baracke, die im säuberlich rechten Winkel auch noch eine lange Seite zur Auguststraße besitzt. Hier wurden etliche Häuser zerbombt, und nun ist da die Baracke. Eine weiße Baracke, ein Drahtzaun davor. Ein Bauwerk aus unserer Lebenszeit.
Sie ist also gar nicht leer, diese vierte Ecke!
Wir haben sie immer gesehen, ganz selbstverständlich war uns das gewesen, und so selbstverständlich wie diese Baracke mir damals war, so klar ist mir heute beim Lesen, dass ich niemals erfahren werde, was darin stattfand und wer darin saß.

Das ist es. Auf der letzten Nummer der kurzen Straße, die auch einmal hätte die Eins werden können, da stand etwas, und das war sogar etwas Neues, und das hab ich vergessen.
Vergessen?
Nein, gar nicht beachtet.
Da muss ich nicht suchen in meinen Papieren, das weiß ich genau, dass ich niemals dort drin war, weil ich mich nicht

interessiert hab dafür, nicht einmal danach gefragt. Nicht ein einziges Mal.
Warum auch? Es war doch aus unserer Zeit.

Primitiv, provisorisch und nur temporär, also vorübergehend.

Allerdings weiß ich, dass man an Nachmittagen im Winter, wenn es früh dunkel wurde, Licht hinter den Fenstern sah und ich jedes Mal daran dachte, dass dort noch gearbeitet wird, und morgens war das genauso, im Winter.
Banal eigentlich, und die Reihe der Fenster war lang, ziemlich lang, so wie die Baracke eben, man sah Frauen an Schreibtischen, Schreibmaschinen, Papier.
Verzichtet. Ich hatte darauf verzichtet.
So wie Eva bereits verzichtet hatte auf ihr Hinterhaus und auf alles, was dort hätte werden können. Wir hatten verzichtet, keine Chance gegeben der Sache.

Na und? Da leben wir mit.

Das habe ich schon einmal geschrieben. Da ging es um das Haus Nummer 4, den Laden von Czipull, aber mit diesem vergessenen Czipull kann ich leichter leben als mit der Baracke Große Hamburger Straße 41 – dieser neu gebauten, der ignorierten Baracke hier aus der Nachkriegszeit, denn das war etwas aus unserer Lebenszeit.
Und ich machte ja nicht mal ein Foto davon, nicht mal das!

Aber nein, das ist auch falsch, wie nun langsam alles hier falsch wird – ich fotografierte ja doch etwas: eine Grube. Ich besitze das Foto von einer Grube.

Es ist die Grundfläche der langen Baracke, und auf diesem Foto ist nur noch ein Loch zu sehen.
Da war die Baracke gerade weggebaggert worden.
Man sieht auch die Reste zerschlagener Mauern, die Mauern der Keller, die vorher hier standen, die Keller vom Haus Große Hamburger Straße Nummer 41, für das ich mich wiederum interessierte.
Ja – alles, was weg war, das war interessant, diese Ziegelsteine zum Beispiel, sie waren noch etwas zum Anfassen aus dieser Zeit, die mir wichtig war, der so ganz verschwundenen, ja.
Dabei war doch die neue Baracke inzwischen nun ebenfalls ausradiert über Nacht, und das hat mich gar nicht gekümmert. Das Loch wiederum, und die Fundamente, das hab ich mir mitgenommen als Bild.

Verrückt.
Bin ich verrückt gewesen?
Das kommt mir jetzt wirklich so vor. Alles Alte ist gut und das Neue nichts wert?
War es so?
Gehe du in dein eigenes Leben!
Oh!

Hätt ich sie eher gesehen, diese Gesichter am Fenster, hätt ich sie eher gehört!

Und es geht ja noch weiter: Tatsächlich ist an der Stelle von dieser Baracke dann ein Haus entstanden in der Mitte der Achtzigerjahre, in der Mitte von unseren Achtzigerjahren!

Genauer gesagt im Jahr 1986 sind diese Häuser auch fertig geworden.
Nun nicht provisorisch und nicht temporär. Nein, etwas endgültig Neues, das stand seitdem hier – ein Anfang, wie ich ihn heute ersehne.
Heute, über den alten Papieren – heute.
Ist ein Wohnhaus geworden. Steht immer noch da.
Und auch das hab ich niemals besucht. Dieses neue Haus Nummer 41 nie besucht, bin dort keine Treppenstufen gestiegen, habe an keiner der vielen Türen geklingelt. Nichts. Auch kein Foto davon.
Nichts wert. Es war alles nichts wert.
Nur das Loch nahm ich mit, nur das Loch mit den Steinen darin. Warum?

Die Zeit!
Sie war mir so wichtig damals.
Nur deswegen hab ich das Loch in der Straße fotografiert, das weiß ich jetzt wieder: Die Zeit!
Sie schien mir wie Goldstaub an meinen Fingerspitzen!
Die Zeit!

Wie sie läuft, wie sie rennt, grade hier in der Straße, immer Abriss und Neubau, es wechselt der Sinn und der Eigentümer – die Zeit!
Das war ja ihr Fußabdruck damals, da hatte ich ihn!

Wie hatte es Manne gesagt?
»Alles hat seine Zeit, und wenn's die nicht nutzen kann, dann – kommt was anderes dran!«

Auch Eva hat einmal etwas Rätselhaftes gesagt, als wir am Stammtisch zusammensaßen: »Die Zeit? Na, sie geht.«
»Und wohin?«
»Na, wo alle hingehen.«

Wo alle hingehen.

Und wieder denke ich an Franz Pretzel in seinen Achtzigerjahren.
Denn ich hab es doch deutlich gesehen, in den Protokollbüchern deutlich gesehen: Man kann sie auch festhalten.
Man kann auch ein Loch in die Zeit schneiden, dann bleibt nur die Zahl stehen – ein stummer Soldat, allein auf der Platte, der seinen Befehl ewig weiter erfüllt – und man kann die Zeit biegen.
Man kann sie biegen und zerren, zerdehnen und ebenso auch zusammendrücken mit aller Gewalt – man kann sie formen. Menschen können so etwas.
Ein solcher Mensch muss Franz Pretzel gewesen sein. Stark.
Oder war es anders herum?

Mir kommt ein Gedanke auf einmal, denn alle mal herhörn, ich hab eine Frage: Die Zeit – kann man die Uhr nach ihr stellen etwa?
Kann es sein und sie hat ihren eigenen Gang, genauer gesagt: Kann sie gehen?
Uns im Stich lassen, lachend die Türen zuwerfen in unserem Haus, ich meine: Ist sie eine eigene Handlungsperson, eine Schlange, die Häute abwirft und nicht fragt, ob die

Leute ringsrum das nun wollten, sie tut's einfach und lässt uns ratlos zurück, ist es so – und man müsste sie eigentlich immer beobachten, sie und nur sie und immer nur sie, was sie tut und ob man sie füttern kann, wiegen, zum Einschlafen kriegen oder zum Freund sogar, bevor sie zum Feind – um Himmels willen, meine Güte, dann haben wir, hätten wir – alles falsch gemacht?

Wir haben doch immer an uns nur gedacht.

Das kann mir nur dieser Freund erklären, der Mann auf der anderen Seite der Spree, der doch alles weiß, immer! Wenn er dann kommt, dieser Freund, und wir laufen zusammen in eines der Cafés, und immer noch schweben die kleinen Tabletts mit den flachen Gläsern heran – dann spüre ich wieder, wie es abfließt, es fließt etwas ab, ganz schnell geht das, schnell, die Bücher, die Filme, Theaterstücke, gerade geschrieben für ein großes, ein gut gebildetes Publikum, und schon wieder verschwunden, ja heute, wenn ich hier um Draufsicht mich bemühe, da kann ich es deutlich erkennen, dieses Abfließen, ab – und muss mich anstrengen, meine Frage im Kopf zu behalten:
»Die Zeit! Kann es sein, und sie geht einfach? Geht?«

Es heißt ja in vielen Sprachen so: Die Zeit geht. Die Zeit kommt. Ist vorbeigegangen.
Und die Völker wissen es lange schon, lange und sagen es auch, sprechen es aus, jeden Tag, jede Stunde, und deswegen sollten wir das auch singen, als wir noch Kinder waren, im Osten: *Die Zeit! Mit uns zieht die neue Zeit!*
Gesungen haben wir, aber verstanden nicht.
Nie gelernt oder einfach vergessen, dass sie uns verlassen kann!

Er lacht, dieser Freund, und kippt gleich den nächsten Kognak hinunter, der hier immer noch Weinbrand heißt.
»Irina«, sagt er, »Irina«, und will mich umarmen.
»Es gibt Rückschläge, ja«.

Einsam hat er am Tisch gesessen, der Freund, ganz allein mit dem Wort, seinem letzten an mich: »Es gibt Rückschläge, ja.«

Er nennt es Rückschlag, wenn sie ihm den Rücken zuwendet, die Zeit.
Aber wenn ich den Freund hier so sehe, dann glaube ich eher, sie ist schon gegangen, vorbei.

Zehn Jahre später wird er tot sein. Vom Schlag getroffen in seiner Wohnung. Das Manuskript gestohlen. Aber das sind dann schon die Neunzigerjahre.

Und soll ich euch mal was erzählen? Ich hab sie gesehen! Die Zeit!

In dieser Stunde zwischen Eva und Freund, zwischen Café und Café, dazwischen die Spree, und ich wie von Sinnen, was ist denn nun richtig – da sah ich sie, hab sie gesehen!
Wie eine Tänzerin in einem langen Rock, weiten Rock, wie um Cancan zu tanzen, das Bein hoch und noch höher die Schleppe geschlagen – die Zeit! –, so tanzt sie die Große Hamburger Straße entlang, lupft an Dächern – da fallen sie in sich zusammen, tippt ein Tor an – das wedelt herum in der Luft und ein Zaun noch dazu, das liegt alles am Boden.
Warum denn auch nicht?
Keiner springt so wie sie!
Da steht sie auf einmal. Bleibt stehen.
Wie eine Diebin, das muss man schon sagen.
Dreht das Köpfchen so neugierig um, dieses Lächeln!

Ja, du kommst überall davon, nicht wahr?!

Wen hast du schon alles hier über die Klinge springen lassen, von hinten geschubst und von vorne gerufen. Die Juden im Kreise herumgeführt, die Kranken mit irren Träumen geweckt, die Ärzte ins Zimmer der Schwestern gelockt und immer von neuem Lieder dir singen lassen, wie jung du bist und wie morgenfrisch!
Was haben wir uns eingebildet und unsere Väter und Großväter auch, von den Müttern will ich mal schweigen, aber wir dann wieder genauso – wir glaubten, wir hätten es

selbst in der Hand, könnten zumindest versuchen, das Schicksal, das Schicksal zu bauen, ein Haus an die Zeit!
Ein Haus an die Zeit!
Ein Lockvogel bist du in Wirklichkeit, eine Kanaille – die Zeit!

Da lacht sie, die Nutte da vorn, tanzt Cancan durch Berlin, in ihrem langen und weiten Rock, lässt ein Haus nach dem andern zusammenfallen, wenn sie will, wenn sie will, dann nach Gusto, nach Gusto natürlich! Ruhelos.

Was hab ich von Ruhe geschrieben? Die ruhigen Stunden am Morgen?
Da war sie wohl gar nicht hier?
Nein, im Gegenteil, da war sie bei uns, hat geschlafen, hat uns wohl was zugetraut, und so weiter, so weiter, mit jedem. Sie war ja mit jedem.
Eine Weile geht sie ganz friedlich mit und lässt sich die Lieder dichten, lässt sich schmeicheln und einschläfern – aber irgendwann, da gefällt ihr das alles nicht mehr, da kriegt sie den Rappel und findet uns hässlich oder langweilig oder was auch immer, dann rast sie die Straßen entlang, will die Wände hoch steigen, die Dächer eintreten, will Bäume ausreißen und Scheiben zerschlagen, bis die Menschen endlich die Kleider wechseln, die Moden, die Reden, und dann wechselt sie auch – ganz einfach!

Nur einer hat dich schon mal so ertappt, das war Harry Heine.

Den hättest du auch auf den Mist geworfen, das Bett unterm Hintern ihm weggezogen, aus reiner Freude, nicht wahr?
Ein Lockvogel, Lockvogel du.

Und wir sind dir nachgelaufen.

Aber da zieht es mich schon, beim Lesen heute so seltsam wie damals, als ich das aufschrieb, was Menschen erzählten, mal dies und mal das, und es war doch alles so lange vorbei, wozu nur, wozu schrieb ich auf, was ist das gewesen – die Arbeit, die Arbeit und immerzu Arbeit, ich weiß nicht warum, denn jetzt muss ich springen, die Nase zuhalten und los jetzt, der Sprung in die Tiefe, die Tiefe und dann …

… aufwachen.

So war das, Eva: Ich hab sie gesehen.
Eine Schlampe. Eine Kanaille, die Zeit.
Sie beachtet uns gar nicht oder nur eine Weile und lacht noch dabei.
Will immer was anderes, was Neues, und wir hinterher, aber jetzt – da will sie uns gar nicht mehr.

Oder anders gesagt – wir waren am Ende eines Jahrtausends angelangt und haben das nicht kapiert.
Wir sind ihr nachgelaufen, aber sie war nicht auf unserer Seite.

Und was sagt Eva?
»Wir hatten det so schön«, sagt Eva.
»Alles ist zerbrochen«, sagt Eva.
Und das hat sie auch noch gesagt: »Wir haben *richtig* Scheiße gebaut, Irina.«

Das Haus Nummer eins steht im Regen, im Schnee,
ein Eckhaus, ein Dreckhaus, wer kommt aus der Tür?
Ist einer noch drinnen, ist einer noch hier?

Die Leerstelle aber, die eine Nummer eins nun auch trägt,
der Lagerplatz Rohre – es kommt niemand von dort.
Niemand.

Was für eine schöne Straße aber auch!

Steh ich heute, im Jahr 2019, in der Großen Hamburger Straße, sind alle Ecken bebaut. Um die neuen Eckhäuser zur Oranienburger Straße drängen sich Tag und Nacht Menschen, sie stoßen sich fast auf dem Bürgersteig, denn der ist ja so schmal.

Anfang und Ende. Noch immer treffen wir uns im Café.
Manne und Eva und ich.
Wir sind die letzten vom Stammtisch.
Wenn ich zuerst komme, dann setze ich mich in die hinterste Ecke des letzten Zimmers, direkt mit dem Rücken zum Spiegel. Dann muss ich nicht sehen, wie alt ich geworden bin.
Bin ich die erste, ist Eva die zweite. Sie humpelt ein bisschen, die Eva, nach ihrem Schlaganfall, und doch sieht sie jung aus, die Haare blondiert und die Lippen hellrot – na logisch, die Farbe wird heller, je älter man, weißt du doch! –, klopft draußen schon an die Kaffeehausscheibe, die Eva, und lacht!
Zuletzt trifft Manne hier ein – er kommt mit dem Fahrrad und ist auch noch stolz drauf. Aus seinem Neubaugebiet mit dem Rad und freut sich genauso. Die Freude ist echt, bei dem Wiedersehen – denn wir leben noch und wir haben Frieden.
Wir haben immer noch Frieden im Jahr 2019, denn so weit sind wir schon.
Jeder Tag zählt.

Da sitzen wir wieder. Das Café wie immer. Und bevor ich's vergesse, gleich zuerst eine Frage:
»Die Baracke gegenüber vom Lagerplatz Rohre, auf dem letzten Grundstück der Straße, was war das, wem hat die gehört?«
»KWV.«
»Die?! Diese ganz normale, überall im Osten für die Wohnungen zuständige Verwaltung? Kommunale Wohnungsverwaltung?«
Denn die Häuser waren ja Volkseigentum, also der Stadt gehörend, oder wurden eben verwaltet von der Stadt, bis die Grundstücksangelegenheiten auch mal grundlegend neu geklärt würden – ja.
Darauf warteten viele in unserer Zeit.

In dieser Baracke hat Manne sich also seine Aufträge abgeholt für die Reparaturen von all den Fußböden, Türen und Fenstern? Und eine Wohnung bekam man dort auch?
»Wenn man an der Reihe war, ja. Das konnte Jahre dauern.«
»Auch eine Wohnung im Neubau sogar?«
»Auch das.«
»Und das Haus Nummer 41, das dann an der gleichen Stelle gebaut worden ist, das gehörte der KWV auch?«
»Wird wohl so sein,« sagt Manne und findet das langsam auch langweilig.
Langweilig? Sensationell!

Es stand also auf der vierten Ecke der Straße, die auch einmal eine Eins hätte werden können, nicht nur irgendwas

Neues, etwas aus unserer Zeit, sondern etwas, das fortzeugend Neues gebar, denn wer die Baracke mit einer Wohnungseinweisung verließ, der hatte ein Heim für die Ewigkeit, den Quadratmeter zu einer Mark, ohne Mieterhöhung für alle Zeiten!
Das sollte der neue Anfang ja sein, so war er gemeint und hat so auch begonnen, es passt also mit den Zahlen!
»Mann, Irina, daran ist der Staat doch zusammengebrochen!«, sagt Manne und das weiß ich ja selber, ich weiß es doch auch. »Aber zahlenmystisch gesehen, zahlenmystisch …«
»Nee! Zahlenmystisch, da wäre et ooch nüscht geworden, janüscht!«
Manne ist lauter geworden, ja, regelrecht ärgerlich wird er, wenn solche kindischen Sprüche fallen in seiner Gegenwart: »Denn auch nach deiner – Verzeihung! – bescheuerten Rechnung bleibt die 41 nun einmal das letzte Haus von der Straße, das letzte und nicht das erste!«
Den ganzen Sinn, den ich da dranhänge für alles, was daraus folgt, wenn es die Eins mal gewesen wäre, haha, den könnt' ich mir sparen, den könnt' ich mir in die Haare schmieren sozusagen, denn es sei das letzte Haus in der Straße gewesen, das letzte, und es bleibe das letzte, das letzte von allen und wär auch als Letztes rangekommen in der ganzen Geschichte, mit seiner neuen Bedeutung.

»War doch so!« Das ist Irina nun wieder.
»Na, det war aber ooch det Letzte, die janze Wirtschaft.« Die Eva.

»Jaja. Aber warte mal,« sage ich zu Manne, »du kommst doch jetzt aus der Leninallee?«
Und wie ich es wollte, so ärgert er sich.
»Du weeßt genau, wo ick herkomme, ja?«
»Aus dem Neubau.«
»So neu ist der nun auch wieder nicht, aber …«

Ich weiß schon, was er jetzt sagen wird. Denn Manne hat sein Haus am Stadtrand verkauft inzwischen, das Haus der Familie, und dabei entdeckt, was er niemals gewusst hat – wie viel Ärger weniger er nun hat, und viel weniger Arbeit – du meine Güte! Man braucht gar kein eigenes Haus, das ist eine Belastung, wenn er das früher gewusst hätte – nee!

»Genau. Und in diesem Sinne habe ich auch was entdeckt, hört mal zu: Das Haus Nummer eins, das ist gar kein Haus. Es ist ein Zuhause. Ganz einfach.«

Ja, da will Manne mir recht geben. Und Eva genauso.
Das Haus Nummer eins ist kein Haus. Es ist ein Zuhause.

Auch das haben wir nicht gewusst. Wussten wir nicht. Oder nicht drauf geachtet?
Das Zuhause eben. Wo man bleiben kann. Wo man erwartet wird.
Wo man helfen soll.
Helfen und wiederkommen.

Weggeworfen. Wir haben es weggeworfen. Doch darüber reden wir jetzt nicht mehr, im Café.
Wir reden über die Kinder, die Enkelkinder, die Krankheiten auch und die politische Lage, und bevor es zu spät wird, verlassen wir alle das alte Café in unserer alten Straße.

Die gelbe Raupe mit dem kleinen Gesicht einer Dienerin – da kommt sie herangeschoben.
Leuchtend und völlig geräuschlos inzwischen, hält auch brav an in der Nacht, nun seit Jahren schon hinter dem Durchgang unter dem S-Bahnhof, der trägt einen anderen Namen: Hackescher Markt.
Die Türen öffnen sich ganz von alleine, wenn man eins ihrer leuchtenden Pünktchen berührt, eine Fahrt kostet mehrere Euro, das hängt davon ab, wie weit und wie lange man fährt. Die Geldstücke wirft man in eine lackierte Kiste, dann klappert es drin eine Weile und ein Schein fällt heraus mit Fahrpreis und der genauen Uhrzeit.
Wir fahren.
Wir gleiten links herum über den Alexanderplatz, da brennt schon lange kein Licht mehr im Berliner Verlag, der wohnt dort nicht mehr, und nun fahren wir schon die Prenzlauer hoch und vorbei an dem Planetarium. Doch wenn nun rechts an der Straßenseite das Planetarium vorbeifährt, dann sitze ich nicht in der richtigen Bahn, nicht nach Pankow kommt man auf diesem Wege!
Aber wer will denn nach Pankow, es wartet dort niemand auf mich, es ist sinnlos, in diese Richtung zu fahren. Draußen erscheinen jetzt Fenster, quadratisch und klein in glatten Fassaden, nicht bröckelnd und alt, sondern grau und glatt sind die Wände von diesen Häusern, und so geht es weiter. Hunderte Fenster, das sind die Neubaugebiete! Sie beginnen schon in der Innenstadt, in Mitte und Friedrichshain, Weißensee, aber sie ziehen sich, das wusst' ich ja gar nicht, ziehen sich, sie ziehen sich, so riesige Wohnungsgebiete hat der Osten gebaut, die ganzen Achtziger-

jahre? Und hinter jedem Licht ein Zuhause, so sollte das sein, ein Zuhause für viele, so viele, sind es tatsächlich so viele? Das kann doch nicht sein!
Doch weiter, noch weiter, die Wände und Wände aus Häusern, beleuchtete Fenster darin, bewohnt ist das alles und alles gebaut in derselben Zeit, als wir am Stammtisch saßen – und haben wir das gewusst, im Café?

Ach, ich bin verkehrt eingestiegen.

EPILOG

Ich habe einmal eine Frau getroffen, sie war alt, an die neunzig Jahre vielleicht, und erzählte mir eine Geschichte. Und zwar war es Sommer gewesen, und sie war aus Breslau gekommen, das noch deutsch war, im Jahr 1945. Der Krieg war gerade zu Ende gegangen und sie sechzehn Jahre alt, fühlte sich damals erwachsen. Erwachsen und schön. Blond war sie, groß war sie, eine Sportlerin auch, und auf dem Schwarzmarkt verkaufte sie Zigaretten.

»Wie Hildegard Knef?«

»Ja, genau, wie die Hilde Knef, so können Sie sich meine Wenigkeit vorstellen!«

Vom Handel mit Zigaretten ernährte sie den Bruder, die Eltern, doch eines Tages hat der Vater gesagt: »Nun kaufst du dir auch einmal etwas Schönes! Wir gehen zusammen in die Stadt!«

Ja, da mussten sie laufen, die ganze Strecke, sie kamen aus Treptow gelaufen, denn noch hinter dem Treptower Park war die ganze Familie aus Breslau in einem Dachboden untergekommen, und so liefen sie die Straßen entlang zwischen Trümmerfeldern und kürzten die Wege sich ab

über Hügel aus Ziegelsteinen, Trampelpfade führten darüber, man durfte nur nicht in Löcher fallen – in die Keller, die Hohlräume unten!
Warum sie aber hier nun gelandet sind, in der Großen Hamburger Straße, das wusste die alte Frau nicht mehr, es war eben so.

Als sie nun einbogen in die Große Hamburger Straße, wo fast alle Häuser noch standen, da waren auch Läden geöffnet, sehr viele sogar, und das war für sie, die ja stundenlang über Trümmerhaufen nur gelaufen waren, Vater und Tochter, erstaunlich, ein bisschen märchenhaft war es sogar – eine Straße, die überlebt hat!
In einem der Häuser, da sah sie von außen durch eine Schaufensterscheibe Bilder.
Ölbilder – also Gemälde. Ein Laden voll Bilder, den haben die beiden betreten.
Groß sei der Laden gewesen, und tief hätten sie hineinlaufen können in die Räume, der Vater, die Tochter, und alles voll Bilder.
Diese Bilder, die hatte der Ladenbesitzer wohl aus den Trümmern gezerrt.
»Und ich war sechzehn Jahre alt!«, rief die Frau. »Von Kunst wusste ich gar nichts!«
Zu dem Ladenbesitzer habe sie aber gesagt: Ich kaufe ein Bild. Und so lange gesucht, bis eines ihr gefiel.
Es sei ein großes Ölbild gewesen, in dickem Rahmen, ein Gruppenbild vieler Leute, aber gefallen habe ihr nur ein junges Mädchen, das an der Seite stand. Ein Mädchen mit langen Locken.

»Dieses.«
Als der Mann das Bild herausgezogen hatte aus einem Bilderstapel, der an der Wand lehnte, sagte sie: »Nein.«
Nur das Mädchen wolle sie haben, das ganze Bild nicht, denn als Ganzes sei das Bild nicht gelungen.
»Sie haben wohl Ahnung?«, habe der Mann da gesagt, ohne im Mindesten Ärger zu zeigen.
Dann sei er nach hinten gegangen in seine privaten Räume und mit einem Messer zurückgekommen, das sei so scharf gewesen, dass er schnell, ritsch, ratsch, den Mädchenkopf bis zu den Schultern aus dem Gemälde herausschnitt und das Stück Leinwand ihr in die Hand drückte.
Es kostete grade so viel, wie sie bezahlen konnte.
Das Bild aber habe sie von da an ihr Leben lang begleitet, und es sei ein schönes Leben geworden, ein wunderbares.

Als sie später noch einmal in die Große Hamburger Straße ging, um sich wieder ein echtes Gemälde zu kaufen, hat sie den Laden nicht mehr gefunden, und es konnte kein Mensch sich an solch ein Geschäft überhaupt erinnern.

»Also gab es das Bild auch in Wirklichkeit nicht?«
»Oh, doch!«, sagte die alte Frau.
»Es hängt jetzt bei meiner Tochter. Sie können es sich ansehen, wenn Sie das wollen. Es ist da.«

Das Bild habe ich mir angesehen. Es war ein Tag im Herbst, freundlicher Tag, sonniger Tag, so ein Tag wieder mal, an dem man mit großem Erstaunen sie alle wiedersieht im Vorbeifahren, die Birken und Kiefern rund um Berlin, die Wassertümpel und Segelboote darauf – meine Güte!
So könnte man wohnen, man muss es nur wollen und nicht gleich vergessen, vergessen.
Doch sobald diese Bahn an einer Rampe entlangschrammt, und das ist ein Bahnsteig, ein Bahnsteig und Stufen und Straßen, ist wieder alles normal.

So fuhr ich zu einem der S-Bahnhöfe am Stadtrand Berlins, vor dem Bahnhofsgebäude wartete die neunzigjährige Frau schon, wie es vereinbart war neben ihrem Auto, sie fuhr uns ein Weilchen an Villen vorbei zu dem Haus, in dem sie eine Wohnung hatte, tatsächlich – da war es, das Bild.
Sie hatte es sich für diesen Besuch von der Tochter bringen lassen.
Da stand es uns gegenüber in einem Regal:
Das Gesicht einer jungen Frau, Halbprofil, blonde Locken bis zur rechten Schulter.
Diese rechte Schulter hatte der Verkäufer ihr gelassen, an der konnte man sehen, wir stark sie war und wie fordernd auch. Ein bäuerliches Gesicht, fest und klar mit trotzigen Lippen – sie forderte etwas von ihrer Gruppe, die nun für alle Zeiten abgeschnitten war.
Was für Leute haben auf dem Bild einmal neben dem Mädchen gestanden?
Das weiß die Besitzerin nicht mehr nach so vielen Jahren. Siebzig Jahren vielleicht.

Sie weiß von Büchern, sie weiß von Dichtern, sie kannte viele und kennt sie noch immer, das sportliche Mädchen mit blonden Locken, sie hat immer gearbeitet und eine gute Ehe geführt, ob das wichtig ist? Warum ich das aufschreibe?
Für ein Buch.

Es soll ein Buch werden über die Straße, in der sie dies Bild einst gefunden hat.
Und wie ich das aufschreiben will?
»Ja, wie? Ich habe einmal einen Freund gehabt, einen sehr klugen Freund, der übrigens auf Ihrem Gebiet auch gearbeitet hat, auf dem Gebiet der Literatur, und der hatte einmal gesagt, heute gebe es nur noch zwei Möglichkeiten, einen Roman zu schreiben – als eine Parabel und … Parabel und …?«
»Als einen Rundblick«, ergänzt sie.
»Ein Rundblick.« Das wiederholt sie noch einmal.
»Aber dann müssen Sie selber die Achse sein, um die sich das dreht, alles dreht. Sie müssen es auf sich nehmen.«
»Ja«, sage ich, »das hat er gesagt«, und sehe, wie sie sich umwendet zu einem Bücherregal, und da stehen ja all die Bücher, die mein Freund als ein Lektor einmal herausgab, alle!

Sie lächelt dazu und zeigt eine ganze Weile mit der schmalen Hand einfach stumm aufs Regal.
Auch von ihr war er wohl ein Freund, guter Freund, auch von ihr?
Sie nickt dazu und spricht noch von anderen Männern, ihr Ehemann und die guten Kollegen, und sie hätten ein gro-

ßes Werk geschaffen, eine ganz neue Sicht auf die Literatur, eine eigene Sicht, und sie hätten damit auch im Osten viel Ärger gehabt, und dennoch der Blick einer neuen Zeit.
»Und nun?«
»Es ist alles zerstört.« So spricht sie und lächelt dazu, so zart und so streng.
»Zerstört?«
»Ja, es ist alles zerstört.«
»Aber hier steht es doch.«
»Ja«, sagt sie.
»Und nun?«, frage ich wieder, »was wird nun? Wo liegt es, das Werk?«
»Verstreut«, sagt sie, »alles verstreut!«
Aber sie sieht dabei ruhig aus, friedlich, und gießt mir den grünen chinesischen Tee ein, den wir schon die ganze Zeit trinken vor dem Bild eines Mädchens, so stark und so trotzig, wie sie einmal war, doch jetzt ist das Mädchen jünger als sie. Und dann fährt sie mit ihren neunzig Jahren mich ruhig zum Bahnhof zurück.

Da hatte ich die Methode – Parabel und Rundblick. Und ich hatte das alles vergessen.

Vergessen ist auch ein Verrat.
Und Verrat, das ist einfach die Undankbarkeit, so ist das, jetzt wird es mir klar, ja, das ist die Wurzel, die heiße Wurzel von allem, was schieflief, was immer schon falsch war – die Wurzel heißt Undankbarkeit.

Das Leben ist dazwischengekommen.

Irina Liebmann
In Berlin

Roman

176 Seiten. Gebunden. Lesebändchen. Bedruckte Vorsätze.

ISBN 978-3-89561-257-2

In Berlin ist einer der ungewöhnlichsten und intensivsten Berlinromane überhaupt. In temporeicher Sprache erzählt Irina Liebmann vom Klima des Umbruchs und von innerlich zerrissenen Menschen, die den Osten verlassen wollen und dann im Westen vergeblich auf das Gefühl der Befreiung warten. Wurden diese Menschen betrogen – verraten? Der Roman spielt vor dem Hintergrund des Berlins Anfang der Neunzigerjahre, und es gelingt Irina Liebmann, die atmosphärischen Eigentümlichkeiten der Stadt in eigenwillige Prosa zu fassen, diese Zeit gültig aufzubewahren. Großartige Bilder halten ein Berlin fest, das es so nicht mehr gibt, das aber Grundlage für die heutige Stadt, ihre Bedeutung und Wandelbarkeit ist.

Die Neuausgabe mit einem aktuellen Nachwort der Autorin ist der Auftakt zu einer umfassenden Neuedition der Werke von Irina Liebmann bei Schöffling & Co.

»Liebmann ist kühl Staunende, elegisch Ergriffene
vor einer Existenz, die sich klaren Linien verpflichten wollte,
aber in Zerrissenheiten erfüllen musste.«
Hans-Dieter Schütt, *neues deutschland*

»Sie verfremdete die historischen Fakten und lotete
die menschlichen Dimensionen dahinter aus.
So sind ihr Momentaufnahmen einer Epoche geglückt,
die Faszination ausüben.«
Ulf Heise, *mdr Kultur*

»Wenn es um die Hoffnungen und Sehnsüchte geht,
dann hebt ihre Sprache ab, schlägt Girlanden,
wird ausschweifend und kunstvoll.«
Lerke von Saalfeld, *literaturblatt*

»Es geht um zerrissene Menschen, die den Osten verließen
und im Westen auf das Gefühl der Befreiung warten –
oft vergeblich.«
Christof Meueler, *neues deutschland*

»Aber was ist das für ein Buch! Diese dichte Sprache,
die intensive Atmosphäre, die Eigentümlichkeiten (...).
Und diese Menschen!
Zerrissene, hoffende, enttäuschte, überrumpelte Menschen.«
Dirk Pilz, *Berliner Zeitung*

»Irina Liebmanns Beschwörung dieser Jahre ist wichtig,
denn das Scheitern der damaligen Hoffnungen zu begreifen,
ist heute wichtiger denn je.«
Lore Kleinert, *Neue Buchtipps.de*

»In ihrer knappen, sachlichen Sprache und mit ihrer
erstaunlich jung gebliebenen Stimme macht Liebmann
eine Epoche des Umbruchs wieder lebendig.«
NDR Kultur